MÉMOIRES ET TRAVAUX

PUBLIÉS PAR DES PROFESSEURS

DES FACULTÉS CATHOLIQUES DE LILLE

Fascicule **V**

FÉNELON

ET

LA DOCTRINE DE L'AMOUR PUR

D'APRÈS SA CORRESPONDANCE

AVEC SES PRINCIPAUX AMIS

APPENDICE

CONTRIBUTION A UNE ÉDITION CRITIQUE

de la Correspondance de Fénelon

ET

LETTRES ET DOCUMENTS INÉDITS

PAR

Albert DELPLANQUE

DOCTEUR ÈS LETTRES

PROFESSEUR A LA FACULTÉ CATHOLIQUE DES LETTRES DE LILLE

LILLE

<table>
<tr><td>FACULTÉS CATHOLIQUES
60, Boulevard Vauban, 60</td><td>Librairie B. BERGÈS
RENÉ GIARD, SUCCESSEUR
2, rue Royale, 2</td></tr>
</table>

1907

FÉNELON

ET

LA DOCTRINE DE L'AMOUR PUR

D'APRÈS SA CORRESPONDANCE

AVEC SES PRINCIPAUX AMIS

MÉMOIRES ET TRAVAUX

PUBLIÉS PAR DES PROFESSEURS

DES FACULTÉS CATHOLIQUES DE LILLE

Fascicule V

FÉNELON

ET

LA DOCTRINE DE L'AMOUR PUR

D'APRÈS SA CORRESPONDANCE

AVEC SES PRINCIPAUX AMIS

APPENDICE

CONTRIBUTION A UNE ÉDITION CRITIQUE

de la Correspondance de Fénelon

ET

LETTRES ET DOCUMENTS INÉDITS

PAR

Albert DELPLANQUE

DOCTEUR ÈS LETTRES

PROFESSEUR A LA FACULTÉ CATHOLIQUE DES LETTRES DE LILLE

LILLE

FACULTÉS CATHOLIQUES

Boulevard Vauban, 60

LILLE

Librairie B. BERGÈS

RENÉ GIARD, SUCCESSEUR

2, rue Royale, 2

1907

I

LETTRES 1° A MADAME DE LA MAISONFORT, 2° AU MARQUIS
DE BLAINVILLE, 3° A LA DUCHESSE DOUAIRIÈRE DE MORTEMART,
4° A LA DUCHESSE DE CHEVREUSE, RETROUVÉES PARMI LES
« LETTRES SPIRITUELLES ».

———

Les éditeurs de la correspondance de Fénelon ont
retrouvé, dans le recueil des *Lettres spirituelles,* des
lettres ou fragments de lettres au duc de Bourgogne, au
duc de Chevreuse, aux duchesses de Beauvilliers, de
Chevreuse et de Mortemart, etc... « Malgré les difficultés
que présentait nécessairement la comparaison de nos
manuscrits avec les éditions imprimées des *Lettres spirituelles,* dit M. Gosselin dans son *Histoire littéraire* (1re
partie, article VI, section V, *Œuvres,* t. 1, p. 164), nous
n[illegible] négligé, en préparant l'édition de 1827, pour
[illegible] us les fragments imprimés, qui appartenaient
[illegible] dont nous avions les originaux en main. Avec
d[illegible] et [illegible] patience, nous croyons être parvenus à
découvrir tous ces fragments...» Il en reste pourtant encore
à découvrir, même des lettres dont M. Gosselin eut en main
les autographes ou des copies authentiques. Ces *lettres
spirituelles,* dont les premiers éditeurs ont retranché sans
pitié tout ce qui était personnel et de nature à les faire
reconnaître, seraient bien plus intéressantes et plus utiles si
on savait pour qui, dans quelles circonstances, et à quelle
date, elles ont été écrites. Nous croyons rendre un léger
service à la mémoire de Fénelon et à la littérature en

signalant celles dont nous avons pu à coup sûr retrouver,
ou dont nous avons cru, pour de bonnes raisons, retrouver
le destinataire et parfois la date.

1°. *Lettres à Madame de la Maisonfort.*

Les éditeurs n'ont pas remarqué que la lettre XXIX,
A une religieuse (t. 8, p. 463), datée du 17 février 1695,
se retrouve en partie dans la *Correspondance sur le
Quiétisme* (t. 9, p. 49), adressée à Madame de la Maisonfort
et datée du 13 décembre 1694. Cette lettre à Madame de
la Maisonfort, jusqu'à ces mots : « Taisez-vous le plus que
vous pourrez », est identique à la *lettre spirituelle à une
religieuse*, sauf une phrase, la seconde, que les éditeurs
des *Lettres spirituelles* ont soigneusement retranchée : « Ne
songez point à votre parente (Mme Guyon) que pour prier
pour elle et pour sacrifier à Dieu tout ce que la nature
fait sentir là-dessus à un bon cœur comme le vôtre » ; et
un mot : « Je me croirais un monstre et non pas un
prêtre (lettre à Madame de la Maisonfort, 13 décembre
1694) ». — « Je me croirais un démon et non pas un prêtre
(lettre à une religieuse, 17 février 1695) ». Cette lettre ou
ces deux lettres ont été écrites vers la fin des *conférences
d'Issy*. Il s'agissait d'inspirer à Madame de la Maisonfort,
cousine germaine et fervente disciple de Madame Guyon,
la soumission à ce qui se préparait. La lettre du 13 décembre
1694 n'a-t-elle pas été envoyée à cette date? A-t-elle été
reprise par Fénelon, allongée et envoyée le 17 février
1695 ? C'est ce qu'il semble impossible de préciser.

Cette lettre reconnue nous aide à reconnaître les lettres
voisines et d'abord la lettre XXV (t. 8, p. 460) : *A une
personne sur le point d'entrer en religion.* Il faut rapprocher cette lettre de la lettre du 17 décembre 1690 à
Madame de la Maisonfort (t. 9, p. 5). Dans l'une et l'autre,
il s'agit de cet engagement dans la vie religieuse à Saint-

Cyr qui a tant coûté à Madame de la Maisonfort. Pour examiner sa vocation, Madame de Maintenon avait assemblé à Saint-Cyr, le 11 décembre 1690, « un conseil composé de M. Des Marais, devenu évêque de Chartres, et des abbés de Fénelon, Gobelin, Brisacier et Tiberge ». « Dans le temps de l'assemblée, ajoute Phelippeaux (*Relation du Quiétisme*), la Maisonfort m'a raconté qu'elle se retira devant le Saint-Sacrement, dans une étrange angoisse, et quand elle sut la décision de ces Messieurs, elle pensa mourir de douleur et versa dans sa chambre toute la nuit un torrent de larmes (cité par L. Crouslé, *Fénelon et Bossuet*, t. 1, p. 462) ».

A une personne sur le point d'entrer en religion (t. 8, p. 460).	*A Madame de la Maisonfort, 17 décembre 1690* (t. 9, p. 5).
Je me réjouis de vous savoir à la veille d'un grand sacrifice où j'espère que vous trouverez la paix.... Vous êtes la vraie femme de Lot qui, par inquiétude et défiance, regarde toujours derrière elle pour voir ce qu'elle quitte....	... Suivez-le donc sans hésiter, et sans regarder jamais derrière vous.... Si vous avez le courage de vous abandonner ainsi, vous aurez plus de paix en un jour que vous n'en goûteriez autrement en toute votre vie... Pendant votre retraite, nourrissez-vous de la viande de Jésus-Christ, qui est la volonté du Père céleste, vous trouverez, en vous abandonnant aux desseins de Dieu, tout ce que votre sagesse inquiète et irrésolue ne trouverait jamais...

La lettre XXVI (t. 8, p. 461) : *A une novice sur le point de faire profession,* traite évidemment de ce même sacrifice que Madame de la Maisonfort trouvait si rude : « Il me tarde de savoir de vous comment vous vous trouvez de votre retraite, en approchant du jour que vous craignez tant et qui est si peu à craindre, etc... » Dans une lettre du 3 mars 1692 (t. 9, p. 6), à Madame de la Maisonfort, Fénelon fait allusion à la difficulté qu'elle eut de faire ses vœux, le 1er mars 1692 : « Je suis ravi, Madame, que vous soyez en paix, et que vous ayez plus de courage que vous m'en témoignâtes dans le parloir, quand il fallut aller faire vos vœux... » Il est probable, comme le titre : *A une novice sur le point de faire profession* nous invite à le penser, qu'il s'agit, dans la lettre XXVI, de la cérémonie des vœux et de l'engagement définitif.

La lettre XXVII (t. 8, p. 462): *A une religieuse*, est-elle aussi adressée à Madame de la Maisonfort? Le voisinage de cette lettre et des lettres à Madame de la Maisonfort, et surtout le sujet de cette lettre, nous autorisent à le penser. Nous remarquons des phrases comme celles-ci : « Il vous éprouvera par le sacrifice de votre avidité pour les consolations les plus spirituelles... Gardez-vous bien de chercher des ressources dans les hommes, puisque Dieu vous les ôte : ils n'ont que ce qui vient de lui... D'un côté vous n'avez aucun sentiment qui ne soit pur et entièrement soumis à l'Église : ainsi quand vos supérieurs vous interrogent, vous n'avez qu'à leur dire avec ingénuité ce que vous pensez... Tout est décidé pour vous par la règle de votre maison... » Fénelon nous semble là faire allusion aux « grandes idées de spiritualité » (t. 9, p. 15 d.) de cette dame, et surtout aux difficultés causées à Madame de la Maisonfort par son attachement à Madame Guyon. On peut comparer à cette lettre les lettres authentiques à Madame de la Maisonfort, du 12 juin 1692 (t. 9, p. 7), du 14 juillet 1692 (t. 9, p. 8), du 26 septembre 1693 (t. 9, p. 14). Dans cette *lettre spirituelle* XXVII, Fénelon dit à cette religieuse : *ma chère sœur*, et non *madame*, comme d'ordinaire il appelle Madame de la Maisonfort. C'est un détail assez important et le seul qui puisse rendre douteuse cette attribution.

La lettre XXVIII (t. 8, p. 462): *A une religieuse*, semble avoir été adressée à la même. La lettre traite des moyens d'acquérir la discrétion. Or l'indiscrétion est un défaut plusieurs fois reproché par Fénelon à Madame de la Maisonfort, dans les lettres authentiques. Voir les lettres

du 7 juin 1692 (t. 9, p. 7), et du 24 juin 1693 (t. 9, p. 9).
Voir aussi, t. 10, p. 117, le récit qu'elle même fait de
son renvoi de Saint-Cyr ; il semble que son indiscrétion
en ait été au moins la cause occasionnelle. Phelippeaux,
qui put la connaître très bien, quand elle se fut retirée à
Meaux, dit au sujet de ses premiers ennuis : « Comme la
Maisonfort était naturellement indiscrète, elle ne put
s'empêcher, sur la fin de la même année 1691, de commu-
niquer à ses amies de Saint-Cyr les maximes de Madame
Guyon et quelques écrits de l'abbé Fénelon (*Relation de
l'origine, du progrès et de la condamnation du quiétisme
répandu en France*, 1732, in-8, 2 parties, sans nom
d'auteur, de ville, ni d'imprimeur, t. 1, p. 44). »

La lettre CCXI (t. 8, p. 584), est un fragment de la lettre
authentique à Madame de la Maisonfort, du 17 décembre
1690 (t. 9, pp. 5 et 6), où Fénelon exhortait si sévèrement
cette dame à vaincre ses hésitations à s'engager dans la
Société des Dames de Saint-Louis. Ce fragment avait été
imprimé tout entier, sauf le dernier mot, trop personnel :
« Je le prie, Madame, de remplir votre cœur. » Les éditeurs
de la correspondance ne se sont pas aperçus qu'ils le réim-
primaient, en publiant la lettre du 17 décembre 1690.

La lettre CCX (t. 8, p. 584), qui précède celle-ci, est
encore évidemment adressée à Madame de la Maisonfort,
et a pour sujet ces mêmes hésitations. « Vous voyez à la
lumière de Dieu, au fond de votre conscience, ce que la
grâce demande de vous ; mais vous résistez à Dieu, de là
vient votre trouble... Dieu ne demande qu'un *oui* en pure
foi. Consolez-moi en me mandant que ce *oui* est prononcé
au fond de votre cœur. »

La lettre CCXIII, sans date (t. 8, p. 585), se trouve
identiquement dans la *Correspondance sur l'affaire du
quiétisme* (t. 9, p. 9), sous la date du 5 avril 1593 et
adressée à Madame de la Maisonfort. Les éditeurs de la
correspondance ont imprimé un seconde fois cette lettre,
sans s'en apercevoir.

Les lettres CCVI, CCVII, CCVIII, CCIX (t. 8, pp. 582-585), doivent être encore des lettres à Madame de la Maisonfort. D'abord, elles sont voisines de celles que nous venons d'examiner et de reconnaître, et le voisinage seul est un élément d'information. En outre, il est facile de reconnaître une parenté entre les défauts reprochés à la destinataire de cette lettre, et les défauts que Fénelon reprochait à Madame de la Maisonfort, en particulier dans une lettre à Madame de Maintenon, du 20 novembre 1693 (t. 9, p. 15).

Lettre CCVI (t. 8, p. 582).

... Puisque vous connaissez que vous seriez plus en repos si vous ne vouliez pas sans cesse, par vos efforts, atteindre à une oraison élevée, et briller, pourquoi ne cherchez vous pas ce repos ?... Craignez la hauteur... Soyez douce, patiente, compatissante aux faiblesses d'autrui, incapable de toute moquerie et de toute critique.

A Madame de Maintenon, 20 novembre 1693 (t. 9, p. 15).

... Madame de la Maisonfort sait assez que je regarde comme une pure illusion toute oraison et toute spiritualité qui n'opère ni douceur, ni patience, ni obéissance, ni renoncement à son propre sens... Je n'aurais jamais cru qu'elle eût été capable d'un emportement plein de présomption et de hauteur... Madame de la Maisonfort n'avait qu'à demeurer tranquille dans le respect des règlements, se souvenir qu'elle en avait besoin elle-même pour se rapetisser, et pour mourir à son propre esprit, plein de hauteur et de grandes idées de spiritualité sans pratique réelle ; que ces règlements étaient nécessaires à une communauté et qu'il est scandaleux de montrer du mépris pour des pratiques si salutaires à la multitude... (Voir aussi la lettre de Fénelon à Madame de la Maisonfort du 24 juin 1693 (t. 9, p. 9), sur le mépris des règles de Saint-Cyr qui contrarient sa spiritualité).

Cette comparaison prouve que la lettre CCVI est vraisemblablement adressée à Madame de la Maisonfort.

La lettre suivante CCVII (t. 8, p. 582) n'a rien de significatif, sauf peut-être cette phrase : « Ne vous dépitez jamais, c'est votre écueil ; mais comptez que le silence, le recueillement, la simplicité et l'éloignement du monde sont pour vous ce que la mamelle de la nourrice est pour l'enfant ». La hauteur, le manque de simplicité, le dépit sont des défauts de Madame de la Maisonfort que nous connaissons déjà par plusieurs lettres. Citons encore d'une lettre de Fénelon à Madame de Maintenon, du 26 novembre 1693, cette phrase : « Elle m'a paru scrupuleuse et tournée à se gêner par mille réflexions subtiles et entortillées (t. 9, p. 16) ».

La lettre CCVIII (t. 8, p. 583) a la même destinataire que la lettre CCVII. Il y est question, comme dans la précédente, de « ces dépits si déraisonnables ». Fénelon lui dit : « Ayez patience avec vous-même ; rabaissez-vous ; rapetissez-vous ».

Dans la lettre CCIX qui contient des avis sévères sur la jalousie et sur l'amour-propre, nous lisons : « Ne cessez point de communier : la communion est le remède des âmes tentées qui veulent vivre de Jésus-Christ malgré tous les soulèvements de leur amour-propre ». C'est le même conseil qu'il donnait dans la lettre CCVI que nous avons reconnue, presque avec certitude, pour être une lettre à Madame de la Maisonfort. « Si vous attendiez à communier, y disait-il, que vous fussiez parfaite, vous n'auriez jamais ni la communion, ni la perfection ».

Toutes ces lettres CCVI, CCVII, CCVIII, CCIX, CCX, CCXI, CCXIII, qui nous semblent devoir être ajoutées aux lettres à Madame de la Maisonfort, ont dû être écrites entre 1690 et 1696, entre le moment où commencèrent leurs relations par Madame Guyon et Madame de Maintenon, et le moment où Madame de la Maisonfort passa sous la conduite de Bossuet (30 mai 1696. Voir t. 10, p. 109).

Peut-être y en a-t-il, dans ce recueil des *Lettres spiri-tuelles*, d'autres, écrites plus tard. Car le commerce entre eux reprit après la mort de Bossuet. Quand Le Dieu vint visiter Fénelon à Cambrai, en septembre 1704, il lui apportait « des nouvelles et des lettres de Madame de la Maisonfort ». Dans une lettre à la duchesse douairière de Mortemart du 27 juillet 1711, Fénelon écrit : « Je vous envoie... une réponse à Madame de la Maisonfort (t. 7, p. 348) ». Que de lettres ont dû être échangées entre eux de 1704 à 1711, et jusqu'en 1715 !

2°. *Lettres au marquis de Blainville.*

Nous avons, dans les *Lettres spirituelles*, une vingtaine de lettres (LXVI-LXXXV) : *A un militaire, A un ami,* que les éditeurs de la correspondance ont reconnues comme des lettres au marquis de Blainville, Jules-Armand Colbert, tué à Hochstedt, en 1704 ; il était en relations avec Fénelon depuis 1688, et Fénelon paraît l'avoir beaucoup aimé (Voir par ex. t. 8, p. 516, les appellations familières et tendres : mon cher *typographe*, mon très cher fils). Nous croyons avoir reconnu d'autres lettres adressées au marquis de Blainville.

La lettre CXXXII (t. 8, p. 545) ne peut avoir été écrite qu'à un membre de la famille Colbert ; nous désignons ainsi le duc et la duchesse de Beauvilliers, le duc et la duchesse de Chevreuse, la duchesse de Mortemart, le marquis de Blainville. C'est une lettre d'amitié tendre. « Je suis toujours uni à vous et à votre chère famille du fond du cœur ». Cette phrase s'applique très bien et ne peut s'appliquer justement qu'à la famille Colbert. La lettre s'adresse à un homme. « ... Soyez retiré et recueilli, appliqué à bien régler vos affaires, patient dans les croix domestiques ». Cette phrase ne s'applique pas au duc de

Beauvilliers ni au duc de Chevreuse, dont le caractère est connu. Elle peut s'appliquer au marquis de Blainville. Au duc de Beauvilliers, au duc de Chevreuse, d'ailleurs, Fénelon dirait : mon bon duc, parlerait de la *bonne duchesse*, et il a une manière de leur écrire qui les ferait reconnaître très facilement et à coup sûr. C'est de son exil de Cambrai qu'il écrit cette lettre. « Nous sommes bien près les uns des autres sans nous voir... Dieu réunit tout, et anéantit toutes les plus grandes distances à l'égard des cœurs réunis en lui. C'est dans ce centre que se touchent les hommes de la Chine avec ceux du Pérou ». Voilà une idée qui lui est assez familière et qu'il exprime plusieurs fois dans ses lettres d'amitié. Dans une lettre reconnue au marquis de Blainville, LXXXV (t. 8, p. 519), il dit : « Vous m'êtes très présent en lui [Dieu]... L'amour tendre que Dieu inspire, a des bras assez longs pour les embrasser malgré la distance des lieux. » Dans une autre, LXXX (t. 8, p. 517) : « Je pense souvent à vous avec plaisir ; mais il faut se contenter d'y penser de loin, et se rapprocher en esprit par l'union en celui en qui les distances ne sont rien. » Cette dernière phrase, en particulier, exprime le même sentiment de mélancolie et de regret, tempéré et corrigé par la doctrine de l'amour pur, que celle-ci de la lettre CXXXII que nous étudions : « Je ne laisse pas de sentir la privation de vous voir ; mais il la faut porter en paix tant qu'il plaira à Dieu et jusqu'à la mort s'il le veut. » Dans cette même lettre, nous l'avons vu, Fénelon dit à son correspondant : « Soyez... patient dans les croix domestiques. » Nous ne connaissons peut-être pas très bien ces *croix domestiques* du marquis de Blainville ; il semble pourtant que nous puissions en deviner quelque chose. Une de ses filles mourut à la Visitation de Saint-Denis, le 18 octobre 1698, âgée de 14 ans (Saint-Simon, éd. Boilisle, t. 13, p. 310). Sa femme, Gabrielle de Rochechouart, fut enfermée comme folle et vécut en pensionnaire à N.-D. du Lys, près Melun

(*Id.*, p. 310). A propos du mariage de la seconde fille du
marquis de Blainville, qui épousa en 1706 le comte de
Maure, second fils de la duchesse de Mortemart, Saint-
Simon parle de cette folie comme d'une chose déjà
ancienne : « Sa mère était enfermée depuis longtemps,
folle à lier (*Ibid.*). »

Les lettres voisines de celle que nous venons d'étudier,
CXXXIII, CXXXIV, ne peuvent avoir été écrites qu'au
marquis de Blainville. Ces mots de la lettre CXXXIII :
« Quand un homme qui, comme vous, est depuis si
longtemps à Dieu... » lui conviennent très bien ; il était
appliqué à se sanctifier depuis 1688, et bien vite d'après
l'austère doctrine du pur amour. Nous savons que, selon
la méthode propre à ce petit cercle de fervents de l'amour
pur, il avait pris comme guide ou directrice de conscience,
la duchesse de Beauvilliers, sa sœur. Dans une lettre à
l'abbé de Langeron, du 1er juillet 1700 (t. 8, p. 395),
nous lisons : « Je ne crois pas avoir exhorté M. de Blainville
à voir fort souvent la bonne P. D. (Petite Duchesse) ;
mais enfin il croit suivre mon conseil et lui est un surcroît
de peine. » Dans deux lettres authentiques au marquis de
Blainville lui-même, nous trouvons ce conseil : « Vous en
trouverez aussi une [lettre] pour la bonne... (duchesse),
que je vous prie de lui donner. Demeurez bien uni avec
elle, etc. (LXXVIII, t. 8, p. 516). » — « Demeurez uni à la
bonne.... (duchesse), malgré l'opposition de vos deux
naturels, et la vivacité qui vous rend l'un et l'autre si
sensibles (LXXX, t. 8, p. 517). » Dans une lettre authentique du 4 avril 1701, Fénelon conseille au marquis de
Blainville de voir moins souvent et plus utilement la
duchesse de Beauvilliers (LXXXI, t. 8, p. 518). Or la lettre
CXXXIII traite évidemment de cette direction spirituelle,
qui faisait souffrir la duchesse de Beauvilliers, et, par
contre-coup, le marquis de Blainville. « Je comprends bien
ce que vous me dites sur une peine qui vous paraît trop
forte et trop allongée dans N..., sur vos fautes... C'est

de la pénitence que vous devriez faire, que vous ne faites pas, et que N.... fait dans son cœur pour vous, que vous êtes dépité contre elle... Je la prie néanmoins de proportionner sa tristesse à votre délicatesse excessive. » La lettre CXXXIV (t. 8, p. 546) traite encore plus évidemment de cette direction spirituelle d'un frère par sa sœur, plus avancée dans les voies intérieures. « Puisque vous connaissez que votre société avec N... se tourne en piège pour vous, au lieu d'être un secours, vous devez redresser cette société. Il ne faut pas songer à la rompre, puisqu'elle est de grâce aussi bien que de nature... »

Voici d'autres lettres qui semblent être (nous ne pouvons guère aller au delà) des lettres au marquis de Blainville. Nous en indiquerons le sujet et nous en relèverons quelques phrases significatives.

La lettre CLXIX (t. 8, p. 564). Elle s'adresse à un homme épris d'une haute perfection et très avancé dans les voies intérieures : « Je prends, Monsieur, une très grande part à toutes vos peines domestiques. » Nous avons vu, au moins un peu, quelles étaient ces « peines domestiques », ou ces « croix domestiques », comme il le disait dans la lettre CXXXII. « Je prie N... de faire le moins de réflexion qu'elle pourra sur tout ce qui ne va qu'à troubler sa paix et son avancement. » N'est-ce pas la *bonne petite duchesse ?*

La lettre CLXX (t. 8, p. 564). Cette lettre, d'une très haute spiritualité, paraît s'adresser au même. C'est bien à lui qu'il peut dire : « Le point essentiel est la petitesse... Vous seriez plus coupable qu'un autre si vous résistiez à Dieu en ce point. D'un côté, vous avez reçu plus de lumières et de grâces qu'un autre pour vous laisser apetisser ; d'un autre côté, personne n'a plus éprouvé que vous ce qui doit rabaisser le cœur... »

La lettre CLXXI (t. 8, p. 564). « Pour N..., je prie Notre-Seigneur de lui donner une simplicité qui soit la source de la paix pour elle. » N'est-ce pas la même personne que dans la lettre CLXIX, où nous avons cru reconnaître la bonne petite duchesse ? Du reste, c'est la même spiritualité très haute, c'est la même exhortation à l'amour par la croix.

La lettre CLXXII (t. 8, p. 565). Le sujet est encore le bonheur des croix : « En quelque état que soit votre malade, et quelque suite que Dieu donne à son mal, elle est bienheureuse d'être si souple dans la main de Dieu. » Serait-ce sa fille, morte à la Visitation de Saint-Denis, le 18 octobre 1698 ?

Dans ces deux dernières lettres, Fénelon fait, sur son horreur des croix, des confidences qu'il ne peut faire qu'à un ami intime, s'exerçant à pratiquer la même doctrine : « Je prends pour moi, Monsieur, ce que je donne aux autres... J'ai le cœur en souffrance. C'est la vie à nous-mêmes qui nous fait souffrir (CLXXI, t. 8, p. 565). » — « Elle [la croix] me fait frémir, et me donne des convulsions dès qu'elle se fait sentir ; et tout ce que j'ai dit de ses opérations salutaires s'évanouit dans l'agonie où elle met le fond du cœur (CLXXII, t. 8, p. 565). »

La lettre CLXXIII (t. 8, p. 565). Même exhortation à supporter la croix en l'aimant du vrai amour : « Je prends part à toutes vos croix, et je me sens attendri pour vous tous dans cette société de crucifiement ». Ne s'agit-il pas des mêmes croix communes à toute une maison qui lui est si chère ?

La lettre CLXXV (t. 8, p. 566). Même spiritualité très haute ; même esprit qu'on pourrait appeler quiétiste : « O que vous me seriez chers, vous et N..., si ce que nous avons dit ici ensemble fait de vous un cœur et une âme... S'il est entré dans votre cœur, vous le verserez fidèlement dans celui de N... Mille très humbles compliments à M...; aucun à N...; car je ne veux plus qu'il y ait un quelqu'un chez elle à qui nul compliment puisse s'adresser ». C'est la même société spirituelle avec une femme qui semble être encore la bonne duchesse.

La lettre CLXXIX (t. 8, p. 568). Même doctrine spirituelle ; même exhortation à purifier l'amour par la douleur.
Pour consoler son correspondant, Fénelon, comme dans
les lettres CLXXI, CLXXII, dit qu'il a lui-même horreur
de la croix. Il fait, sur son caractère, des confidences qui
ne peuvent être faites qu'à un membre de la famille Colbert:
« Je sais par expérience ce que c'est que d'avoir le cœur
flétri et dégoûté, etc... Je suis à moi-même tout un grand
diocèse, plus accablant que celui du dehors et que je ne
saurais réformer ». Un mot de cette lettre : « Je viens de
faire une mission à Tournai... » nous permet d'en déterminer
la date. Cette mission eut lieu dans le mois d'octobre 1701.
Dans une lettre à l'abbé de Beaumont, du 6 novembre 1701
(t. 7, p. 419), nous lisons : « Notre mission de Tournai
s'est assez bien passée, et la ville m'a paru assez contente
de moi... » Deux lettres à Madame de Montberon sont
datées de Tournai, du 16 et du 30 octobre 1701 (t. 8,
pp. 638 et 639). La lettre CLXXX a donc été écrite vraisemblablement dans le mois de novembre 1701. De cette
année 1701, nous avons une lettre authentique au marquis
de Blainville, datée du 4 avril (t. 8, p. 518). C'est la
dernière datée. Fénelon resta certainement en rapports
avec lui jusqu'à sa mort, en 1704.

La lettre CLXXVIII (t. 8, p. 568). Même doctrine dans
cette lettre ; mêmes aveux sur sa « honteuse lassitude des
croix », sur son amour-propre que « la moindre chose
triste » « accable », que « la moindre qui » le « flatte un
peu » relève sans mesure ; ces aveux, de même nature que
ceux que nous avons vus dans d'autres lettres au même
correspondant, ne peuvent, comme ceux-là, avoir été faits
qu'à un membre de la famille Colbert.

La lettre CLXXX (t. 8, p. 569). Même sujet : la croix,
la tristesse : « C'est dans la peine et dans l'amertume que
je vous goûte davantage... Courage sans courage humain :
ne perdez pas les grands fruits de cette croix. Soumettez-
vous, non seulement à N.... pour vous laisser redresser,

mais encore aux plus petits.... » N'est-ce pas toujours la bonne petite duchesse, travaillant, avec Fénelon, dans le même esprit, à la sanctification de son frère ?

Si toutes ces lettres CLXIX, CLXX, CLXXI, CLXXII, CLXXIII, CLXXV, CLXXVIII, CLXXIX, CLXXX, sont adressées, comme nous le croyons, au marquis de Blainville, nous serions portés à croire que les lettres CLXXXIII, CLXXXIV, CLXXXV, CLXXXVI (t. 8, pp. 570, 571), qui ont pour sujet la croix, « la voie de mort », le sont aussi. Dans la lettre CLXXXVI, nous trouvons une expression familière à Madame Guyon : « ...parce que sa divine majesté demande des âmes qu'elle attire à soi un retour ou recoulement perpétuel dans notre fin dernière, et dans la plénitude du vrai bien... » Dans les lettres CLXXXIII et CLXXXIV (t. 8, p. 570), il semble qu'il y ait quelque rapport avec certaines lettres authentiques au marquis de Blainville.

Lettre CLXXXIII (t. 8, p. 570).

... Encore une fois, l'avenir n'est point à vous ; il n'y sera peut-être jamais. Bornez-vous au présent... C'est tenter Dieu que de faire provision de manne pour deux jours ; elle se corrompt...

A un militaire (le marquis de Blainville). Paris, 1er juin 1689 (t. 8, p. 510).

... Contentez-vous du pain quotidien, et souvenez-vous que, dans le désert, la manne qu'on amassait pour plus d'un jour se corrompait d'abord...

Lettre CLXXXIV (t. 8, p. 570).

... Ne pensez point de loin à l'avenir. La manne se corrompait quand on voulait par précaution en faire provision pour plus d'un jour. Ne dites point : qu'est-ce que nous ferons demain ?...

Au même, 25 juillet 1700. (t. 8, p. 517).

... Ne songez à aucun changement d'état par inquiétude, par langueur, par une mauvaise honte d'être inutile dans le monde... Les genres de vie que vous n'avez point éprouvés, ont leur piège, leurs épines, leurs langueurs, vous ne voyez pas de loin... A chaque jour suffit son mal... Il est inutile de faire des projets

> pour trois ans... La profession
> sainte que vous avez eue en vue
> demande beaucoup de perfection
> de tous ceux qui y entrent...

Ne serait-ce pas, à des dates diverses, le même défaut
signalé par des expressions identiques ? Dans la lettre
CLXXXVII, il y a lieu de remarquer ces mots : « O que
Dieu vous aime, puisqu'il vous frappe sans pitié !...
L'état de tristesse qui serre votre cœur, et la vue d'un
objet affligeant qui est à toute heure devant vos yeux,
me fait craindre pour votre santé ». Ne serait-ce pas
encore cette *croix domestique* dont il a été si souvent
question ?

3° *Lettres à la duchesse douairière de Mortemart.*

La duchesse de Mortemart, Marie-Anne Colbert, sœur
cadette des duchesses de Beauvilliers et de Chevreuse,
mariée en 1679, veuve toute jeune en 1688, avait été une
amie de la première heure et une des plus ferventes
disciples de Madame Guyon. « Peu à peu, dit Saint-Simon,
en parlant de Fénelon et de la nouvelle spiritualité, il
s'était approprié quelques brebis distinguées du petit
troupeau que Mme Guyon s'était fait..., la duchesse de
Mortemart, sœur des duchesses de Chevreuse et de
Beauvilliers, Mme de Morstein, fille de la première, mais
surtout la duchesse de Béthune (Saint-Simon, éd. Boilisle,
t. 2, p. 344) ». Le Chansonnier (Gaignières) nomme les
duchesses de Guiche et de Mortemart, au premier rang
des femmes auxquelles Madame Guyon avait « inspiré
ses visions (*Ibid.*, en note) ». C'est Madame de Mortemart
qui conduisit Madame Guyon à la Visitation de Meaux, le
13 janvier 1695 (Saint-Simon, éd. Boilisle, t. 4, p. 65,
note 4). Dans une lettre du 9 janvier 1707 (*Œuvres*, t. 7,
p. 257), Fénelon lui conseille visiblement de consulter
Madame Guyon sur l'usage que l'on peut et que l'on
doit faire des écrits de cette dame dans la direction des
âmes; et cela nous laisse supposer, ce qui d'ailleurs, ne

nous étonne pas, qu'elle continuait d'être en relations avec Madame Guyon.

Dans la *Correspondance de Fénelon avec le duc de Bourgogne, les ducs de Beauvilliers et de Chevreuse et leurs familles*, nous n'avons que six lettres authentiques à Madame de Mortemart. Ce sont des lettres de direction, où la doctrine de l'amour pur s'exprime le plus librement, dans toute son austérité, où reparaît même le vocabulaire propre à cette école de spiritualité (voir par exemple t. 7, p. 334, lettre du 1er février 1711, Jésus appelé le petit M. [petit maître]), où règne aussi le ton de cordialité propre aux lettres à la famille Colbert. Saint Simon dit que Madame de Mortemart, après l'ordre d'exil à Cambrai « ne gardait aucun ménagement sur son attachement pour Monsieur de Cambray », qu'elle « allait à Cambray et y avait passé souvent plusieurs mois de suite (t. 15, p. 367). » Nous savons par les lettres à Madame de Montberon (17 avril 1702, juillet 1702, 8 juillet 1702, t, 8, pp. 648, 653) que Madame de Mortemart fit un séjour à Cambrai en 1702.

Tout cela nous laisse supposer qu'il y eut un grand nombre d'autres lettres écrites à Madame de Mortemart, et nous aidera peut-être à en retrouver quelques-unes dans le recueil des *Lettres spirituelles*.

La lettre CCIX (t. 8, p. 589) a été retrouvée par les éditeurs de la correspondance au milieu des lettres à la duchesse de Mortemart (voir t. 8, p. 588, en note). Nul doute qu'elle ne lui ait été adressée. Cette lettre est intéressante par l'aveu, très connu, que Fénelon y fait des défauts de son caractère : « Je ne veux jamais flatter qui que ce soit... Mais je suis tout pétri de boue... Je tiens à tout d'une certaine façon...; mais d'une autre façon, j'y tiens peu... Au reste, je ne puis expliquer mon fond. Il m'échappe, il me paraît changer à toute heure... Le défaut subsistant et facile à dire, c'est que je tiens à moi, et que l'amour-propre me décide souvent... Vous n'avez point l'esprit complaisant et flatteur comme je l'ai, quand rien ne me fatigue ni ne m'impatiente dans le commerce. Alors vous êtes bien plus sèche que moi... Mais quand on veut de moi certaines attentions suivies qui me dérangent, je suis sec et tranchant... ». C'est une vraie confession, un portrait comme on en faisait au temps de Mademoiselle de Montpensier, mais avec l'humilité et des vues de sanctification en plus. Fénelon ajoute : « Au surplus, je crois presque tout ce que vous me dites : et pour le peu que je ne trouve pas en moi, outre que j'y acquiesce de tout mon cœur... ; ...je crois voir en moi infiniment pis ». Ce portrait de Fénelon a donc été fait comme en collaboration. La duchesse de Mortemart avertissait Fénelon de ses défauts. Cette pratique était conforme à la doctrine. Nous avons vu la petite duchesse avertir le duc de Chevreuse, avertir le marquis de Blainville. Dans une lettre authentique à la duchesse de Mortemart, du 11 octobre 1710 (t. 7, p. 328), Fénelon disait : « Pour moi, je veux être repris par tous ceux qui voudront me dire ce qu'ils ont remarqué en moi, et je ne veux m'élever au-dessus d'aucun des plus petits frères ».

De ces textes authentiques, rapprochons celui-ci de la lettre CXXX (t. 8, p. 544) : « Je vous demande plus que jamais de ne m'épargner point sur mes défauts. Quand vous en croirez voir quelqu'un que je n'aurai peut-être pas, ce ne sera point un grand malheur. Si vos avis me blessent, cette sensibilité me montrera que vous avez trouvé le vif... Je dois être plus rabaissé qu'un autre... » De ces rapprochements, nous pouvons conclure en toute sûreté que la lettre CXXX est adressée à Madame de Mortemart.

Dans cette lettre, d'ailleurs, et dans la suivante, CXXXI (t. 8, p. 544), Fénelon signale à sa correspondante des défauts qu'il reproche à la duchesse de Mortemart, dans deux lettres authentiques du 11 octobre 1710 et du 1ᵉʳ février 1711, en termes assez semblables.

Lettre CXXX (t. 8, p. 544).

...Il m'a paru que vous aviez besoin de vous élargir le cœur sur les défauts d'autrui.

...La perfection supporte facilement l'imperfection... Il faut se familiariser avec les défauts les plus grossiers dans de bonnes âmes et les laisser tranquillement jusqu'à ce que Dieu donne le signal pour les leur ôter peu à peu...

Lettre CXXXI (t. 8, p. 544).

...Il est vrai que votre tempérament mélancolique et âpre vous donne une attention trop rigoureuse aux défauts d'autrui... Il y a longtemps que je vous ai souhaité l'esprit de condescendance et de rapport avec lequel N. M. se proportionne aux faiblesses d'un chacun. Elle attend, compatit, ouvre le cœur, et ne demande rien qu'à mesure que Dieu y dispose...

[(N. M. ne serait-elle pas Madame Guyon, avec laquelle nous savons, au moins par une lettre du 9 janvier 1707 (t. 7, p. 156), que Madame de Mortemart continuait ses relations. Il est assez étrange que Fénelon parle plusieurs fois, dans ses lettres authentiques, à la duchesse de Mortemart, des *frères*, des plus *petits frères*, comme

A la duchesse douairière de Mortemart, 11 octobre 1710 (t. 7, p. 326).

...Les personnes qui conduisent ne doivent nous développer nos défauts que quand Dieu commence à nous y préparer. Il faut voir un défaut avec patience, et n'en rien dire au dehors, jusqu'à ce que Dieu commence à le reprocher au dedans... C'est par imperfection qu'on reprend les imparfaits... On attend que la Providence en donne l'occasion au dehors et que la grâce en donne l'ouverture au dedans...

Id.   A Cambrai, 8 juin 1708 (t. 7, p. 265).

...Il est vrai que vous avez un naturel prompt et âpre, avec un fonds de mélancolie qui est trop sensible à tous les défauts d'autrui et qui rend les impressions difficiles à effacer...

Id. A Cambrai, 1er février 1711 (t. 7, p. 334).

...Il est vrai seulement que je souhaitais que vous fissiez attention à ce qu'il ne faut pas presser le prochain de corriger en lui certains défauts, même choquants, que quand nous voyons que Dieu commence à éclairer l'âme de ce prochain... Il ne faut point prévenir le signal de la grâce...

d'une sorte de petite association
— (11 octobre 1710, t. 7, p. 328) :
« Je ne veux m'élever au-dessus
d'aucun des plus petits frères. »
— 1ᵉʳ février 1711, p. 344) :
« J'avoue, ma bonne duchesse,
que j'avais en vue que vous fissiez
attention à supporter les défauts
les plus choquants des frères... »
Ne serait-ce pas la continuation de
cette congrégation d'âmes éprises
de la plus haute oraison, dont
Madame Guyon était la mère ?
Cf. *Relation sur le Quiétisme*,
section II, 9)].

Immédiatement après ces deux lettres CXXX et CXXXI, viennent trois lettres que nous avons reconnues comme adressées au marquis de Blainville. Il n'est pas trop étonnant que les lettres à la duchesse de Mortemart se trouvent mêlées, dans le recueil, aux lettres adressées au marquis de Blainville, son frère. Deux ans après la mort du marquis tué à Hochstedt en 1704, elle maria son second fils, le comte de Maure, avec la fille unique qu'il avait laissée (Saint-Simon, éd. Boilisle, t. 13, p. 310). Les lettres de Fénelon au marquis de Blainville purent être données à Madame de Mortemart, plutôt qu'à un autre membre de la famille Colbert, et elle put verser, dans la première édition de 1718, ses propres lettres et celles de son frère.

Les lettres CXXXV et CXXXVI (t. 8, pp. 546 et 547), qui suivent, nous semblent être adressées à la duchesse de Mortemart. Le voisinage déjà est une présomption favorable. Dans la lettre CXXXV, Fénelon écrit : « Nul couvent ne vous convient ; tous vous gêneraient... Demeurez libre dans la solitude... ». Dans la lettre CXXXVI : « La solitude vous est utile jusqu'à un certain point ; elle vous convient mieux qu'une règle de communauté qui gênerait votre grâce... » Ce goût de la vie religieuse est vraisemblable chez la duchesse de Mortemart. Comme elle avait une fille religieuse chez les Dames de Sainte-Marie de Saint-Denis, elle y fit de longs séjours à partir de 1703. Nous le savons par les lettres du P. Lami à Fénelon (1703, t. 7, p. 567, 19 mai 1704, id., p. 582, surtout 21 janvier 1711, id., p. 684). « Elle s'y est fait faire une espèce de petit ermitage, où elle vit en recluse. Elle assiste à tous les exercices de la maison, et aux vœux près, elle peut passer pour une des bonnes religieuses. Elle vient au parloir filant sa quenouille, comme toutes les autres, et elle édifie également le dedans et le dehors (21 janvier 1711, t. 7, p. 684) ». C'est vraisemblablement à ce goût de vie religieuse que font allusion les lettres CXXXV et CXXXVI. Dans une lettre authentique à la duchesse de Mortemart du 11 octobre 1710 (t. 7, p. 328), Fénelon, après lui avoir parlé d'une docilité sans réserve, ajoute : « Quand je parle de docilité, je ne vous la propose que pour N..., et je sais combien votre cœur a toujours été ouvert de ce côté là ». Dans la lettre CXXXV, Fénelon dit à sa correspondante : « ... Réservez votre entière confiance pour N... qui vous connaît à fond et qui peut seul vous soulager.... Écoutez et croyez N... ». N'est-ce pas, dans l'une et l'autre lettre, des conseils de la même personne qu'il s'agit ?

La lettre CXXXVII (t. 8, p. 548) exprime, sur l'union en Dieu malgré les distances, des idées que nous avons vu exprimées déjà dans certaines lettres, au marquis de Blainville en particulier [(lettre LXXX (t. 8, p. 517), lettre LXXXV (id., p. 519), lettre CXXXII (id., p. 545)]. « C'est dans ce centre, disait-il dans la lettre CXXXII, que se touchent les hommes de la Chine avec ceux du Pérou ». Dans la lettre CXXXVII, il dit : « Demeurons tous dans notre unique centre... Il ne faut être qu'un... Soyons donc unis, par n'être rien que dans notre centre commun... C'est dans ce point indivisible que la Chine et le Canada se viennent joindre... ». Ces phrases et d'autres pareilles pourraient s'adresser à d'autres membres de la famille Colbert, si intimement unie, en Dieu, à Fénelon. Elles s'adressent plus probablement à la duchesse de Mortemart, que nous avons cru reconnaître dans les lettres qui précèdent immédiatement celle-ci.

Il nous semble que les lettres CLXIV, CLXV, CLXVI, CLXVII (t. 8, pp. 562-563), CLXXXIX, CXC, CXCII, CXCIII (t. 8, pp. 572-576), sont encore des lettres à la duchesse de Mortemart.

La destinataire de ces lettres est, à n'en pas douter, une personne éprise de la plus haute perfection et s'exerçant de toutes ses forces à réaliser dans sa vie intérieure la doctrine de l'amour pur. Cette femme est en proie à la tristesse, à la sécheresse, aux angoisses de conscience, aux croix intérieures. Or, dans les lettres authentiques à la duchesse de Mortemart, il est souvent question de peines semblables. En voici des exemples :

22 août 1708 (t. 7, p. 266). « Je souhaite fort que vous ayez la paix au dedans... »

11 octobre 1710 (t. 7, p. 328). « Pour votre insensibilité dans un état de sécheresse, de faiblesse, d'obscurité et de misère intérieure, je n'en suis point en peine... »

1er février 1711 (t. 7, p. 334). « Abandonnez-vous dans vos obscurités intérieures et dans toutes vos peines. »

27 juillet 1711 (t. 7, p. 348). « Plus vos croix sont douloureuses, plus il faut être fidèle à ne les augmenter en rien... Il faut être immobile sous la croix. »

Le rapprochement est frappant, pour certaines expressions, entre ces lettres et les lettres authentiques à la duchesse de Mortemart.

Lettre CLXVI (t. 8, p. 563).	*A la duchesse douairière de Mortemart, 8 juin 1708* (t. 7, p. 265).
... Votre tempérament est tout ensemble mélancolique et vif...	... Il est vrai que vous avez un naturel prompt et âpre, avec un fonds de mélancolie qui est trop sensible à tous les défauts d'autrui.

<table>
<tr><td>Id., p. 563.</td><td>Id., p. 265.</td></tr>
<tr><td>...Je conviens que la simplicité serait d'un excellent usage avec nos bonnes gens...</td><td>...Il n'est pas étonnant que la haute opinion que toutes nos bonnes gens ont eue de toutes vos pensées depuis douze ans, vous ait insensiblement accoutumée à une confiance secrète en vous-même....</td></tr>
</table>

Dans la lettre CLXV (t. 8, p. 562), Fénelon avoue que sa vie est triste et sèche comme son corps, qu'il est dans une paix languissante, que cela vient « d'amour-propre ». Ces confidences sur son intérieur sont parfaitement d'accord avec ce que nous savons des rapports de confiance et de correction mutuelles, qui régnaient entre Fénelon et la duchesse de Mortemart.

Beaucoup de lettres au marquis de Blainville, que nous avons cru reconnaître, suivent presque immédiatement, dans le recueil, celles que nous venons d'étudier ; et nous n'en sommes pas autrement étonnés.

Dans la lettre CLXXXIX (t. 8, p. 572) qui traite de l'abandon, c'est-à-dire de l'acte le plus pénible de l'amour pur, nous relevons cette parole : « N'écoutez point votre imagination ni les réflexions d'une sagesse humaine ; laissez tomber tout, et soignez dans les mains du bien aimé. » Dans une lettre authentique à la duchesse de Mortemart, du 27 juillet 1711 (t. 7, p. 348), Fénelon écrit sur ce même sujet : « Rien n'est meilleur que de demeurer sans mouvement propre, pour se délaisser avec une entière souplesse au mouvement imprimé par la seule main de Dieu. Alors comme vous le dites, on laisse tomber tout ». Nous croyons volontiers et facilement que c'est à la même personne qu'il adresse ces conseils d'une si haute et rare spiritualité.

La lettre CXC (t. 8, p. 572) est peut-être la plus forte, sur le purgatoire des épreuves, sur la destruction du *moi*, sur l'anéantissement auquel doit aboutir l'amour de Dieu, que Fénelon ait jamais écrite, même au temps de sa première ferveur quiétiste. Elle est de même inspiration que bien des pages des *Entretiens affectifs* du *Manuel de piété*, et des *Instructions sur la morale et la perfection chrétienne*. Nous connaissons maintenant assez bien les rapports de Fénelon avec la duchesse de Mortemart pour conclure qu'elle était capable de recevoir de lui cette effrayante leçon, et que Fénelon peut-être n'aurait osé l'adresser qu'à elle. Relevons ces mots : « Soyez un vrai rien en tout et partout ; mais il ne faut rien ajouter à ce pur rien... Le vrai rien ne résiste jamais, et il n'a point un *moi* dont il s'occupe... ». C'est la même idée que Fénelon exprime, en termes assez semblables, dans une lettre authentique à la duchesse de Mortemart, du 27 juillet 1711 (t. 7, p. 348) : « Le silence de l'âme lui fait écouter Dieu; son vide est une plénitude, et son rien est le vrai tout, mais il faut que ce rien soit bien vrai ».

Il est presque impossible de savoir si la lettre CXCI (t. 8, p. 573) s'adresse à un homme ou à une femme; mais elle s'accorde bien, pour le sujet, avec celles qui l'encadrent.

La lettre CXCII (t. 8, p. 574), de même esprit quiétiste, enthousiaste, lyrique même, peut très bien avoir été écrite à la duchesse de Mortemart : « Laissez-vous donc ôter jusqu'aux derniers ornements de l'amour-propre, et jusqu'aux derniers voiles dont il tâche de se couvrir... O épouse, que vous serez belle quand il ne vous restera plus nulle parure propre!... ». Dans cette lettre, Fénelon dit à sa correspondante : « Que ne puis-je être auprès de vous ! mais Dieu ne le permet pas. Que dis-je? Dieu le fait invisiblement, et il nous unit cent fois plus intimement [en] lui, centre de tous les biens, que si nous étions sans cesse dans le même lieu. Je suis en esprit auprès de vous ». Nous reconnaissons là des idées et des expressions familières à Fénelon, dans ses rapports avec la famille Colbert. Dans une lettre authentique à la duchesse de Mortemart, du 27 juillet 1711 (t. 7, p. 348), il dit : « Mon union avec vous est très sincère ; je ressens vos peines ; je voudrais vous voir et contribuer à votre soulagement : mais il faut se contenter de ce que Dieu fait ».

La longue et importante lettre CXCIII (t. 8, p. 574) paraît plus clairement encore adressée à la duchesse de Mortemart. La spiritualité en est aussi élevée et aussi rare que possible. Chez cette correspondante, c'est le même « état d'âme » ; ce sont les mêmes peines intérieures : « Je ne perds de vue ni vos longues peines, ni vos épreuves, ni le mécompte de ceux qui me parlent de votre état sans le bien connaître ». Fénelon lui dit encore : « Mais combien y a-t-il d'années que vous vous êtes dévouée à l'obscurité de la foi, à la mort et à l'abandon... Vous êtes notre ancienne, mais c'est votre ancienneté qui fait que vous devez à Dieu plus que toutes les autres. Vous êtes notre sœur aînée, ce serait à vous à être le modèle de toutes les autres pour les affermir dans les sentiers des ténèbres de la mort. » Ces mots s'accordent très bien avec ce que nous savons de l'intimité et de l'ancienneté des rapports de la duchesse de Mortemart avec Madame Guyon. Nous retrouvons ici une idée et une expression que nous avons trouvées dans la lettre CXXXVI (t. 8, p. 547), vraisemblablement adressée à la duchesse de Mortemart.

Lettre CXCIII (t. 8, p. 574)	*Lettre CXXXVI* (t. 8, p. 547).
Voulez-vous, par crainte de la mer et de la tempête, vous jeter contre les rochers et faire naufrage au port ?	Voulez-vous faire naufrage au port, vous reprendre, et demander à Dieu qu'il s'assujétisse à vos règles, au lieu qu'il veut et que vous lui avez promis de marcher comme Abraham dans la profonde nuit de la foi...

La lettre CCIII (t. 8, p. 580) contient des confidences faites par Fénelon à sa correspondante sur son état intérieur. « Mon état ne se peut expliquer, car je le comprends moins que personne. Dès que je veux dire quelque chose de moi en bien ou en mal..., je le trouve faux en le disant, parce que je n'ai aucune consistance en aucun sens. » Ces confidences, nous le savons, sont propres aux lettres à la duchesse de Mortemart. Sur cette mobilité d'âme qui fait qu'on ne peut se peindre exactement, nous lisons dans une lettre authentique à la duchesse de Mortemart, du 11 octobre 1710 (t. 7, p. 326), quelque chose d'assez semblable : « ...Vous avez raison de dire que vos dispositions changeantes vous échappent et que vous ne savez que dire de vous. Comme la plupart des dispositions sont passagères et mélangées, celles qu'on tâche d'expliquer deviennent fausses avant que l'explication en soit achevée. » Cette seule phrase de la lettre CCIII que nous examinons : « Je veux que vous ayez le goût de ma destruction comme j'ai le goût de la vôtre... » suffirait à la faire reconnaître ; elle n'a pu être écrite qu'à la duchesse de Mortemart (voir en particulier deux lettres dont l'attribution ne nous semble pas contestable, CCXIX et CXXX, que nous avons examinées et comparées). Dans cette lettre CCIII, relevons encore ce détail : « ...La mort continuelle à vous-même vous mettra en état de faire peu à peu mourir ce cher fils à tout ce qui paraît l'arrêter dans la voie de la perfection. » Cela s'applique très bien à l'un des deux fils de Madame de Mortemart, le duc de Mortemart, qui avait épousé une fille du duc de Beauvilliers, ou le comte de Maure, qui avait épousé la fille du marquis de Blainville. Il s'agit encore de ce fils dans la suite : « Assurez-vous que je ne flatterai en rien M... ; ...en un mot la mort continuelle à vous même vous mettra en état de faire peu à peu mourir ce cher fils... » Ces rapports de Fénelon avec le fils, dirigé aussi spirituellement par la mère, nous font conjecturer que les lettres CXCVI et CXCVII, qui s'adressent visiblement au même homme, ont été écrites à l'un des fils de Madame de Mortemart. « Vous avez besoin que N... conserve sur vous une vraie autorité... Dieu vous l'a donnée pour mère

spirituelle (lettre CXCVI, t. 7, p. 576) ». — « Mais tournez-
vous du côté de Dieu et de N... qui vous est donnée dans
ce besoin... Ayez votre cœur sur vos lèvres et dans les
mains de cette bonne mère. »

4° *Lettre à la duchesse de Chevreuse.*

La lettre CCXXVI (t. 8, p. 592), toute voisine d'une
lettre authentique au duc de Chevreuse que les éditeurs
de la correspondance ont reconnue et datée, doit être une
lettre écrite à la duchesse de Chevreuse, quelque temps après
la mort de son mari (5 novembre 1712). La douleur qu'elle
exprime ne peut avoir été causée que par la mort du duc
de Chevreuse ou celle du duc de Beauvilliers. Nous avons
trois lettres de Fénelon à la duchesse de Beauvilliers, à
l'occasion de la mort de son mari (t. 7, pp. 388 et 390).
Nous n'en avions aucune à la duchesse de Chevreuse, à
l'occasion de la mort du duc de Chevreuse. M. Cagnac en
a publié deux (*La Quinzaine*, mai 1904). Celle-ci est de
même inspiration que ces trois lettres à la duchesse de
Beauvilliers, que ces deux lettres à la duchesse de Chevreuse.
L'exhortation à porter la croix de cette mort avec amour
y est plus développée, ce qui explique qu'on ait pu la faire
entrer dans le recueil des *Lettres spirituelles.* Ces mots :
« Il vous dit encore, d'une voix secrète, ce qu'il vous disait
si souvent, pendant qu'il vivait au milieu de nous : « Ne
vivez que de foi, etc... (t. 8, p. 592) », sont conformes au
caractère du duc de Chevreuse, non à celui du duc de Beauvilliers. Relevons encore cette phrase : « Ménagez votre
santé pour votre famille (*id.*, p. 592) ». Dans une lettre
au duc de Chevreuse du 27 février 1712 (t. 7, p. 374),
Fénelon écrivait : « On m'a dit que Mme la duchesse de
Chevreuse a été malade; j'en suis bien en peine ». Dans
une lettre écrite au duc de Chaulnes, le 31 mars 1713 (t. 7,
p. 382), Fénelon demande des nouvelles de la duchesse de

Chevreuse et dit : « Je crains sa tristesse, sa longue
souffrance, son tempérament altéré... Autrement elle se
tourmentera à pure perte et abrégera sa vie au grand
dommage de sa maison ». — Ces phrases : « Il (Dieu) a
voulu nous ôter un appui humain pour sa gloire, sur lequel
nous comptions trop... Unissons-nous de cœur à celui que
nous regrettons. Il nous voit, il nous aime... Pour moi, je
trouve un vrai soulagement de cœur d'être très souvent
en esprit avec lui », conviennent à merveille à l'amitié de
Fénelon et du duc de Chevreuse, telle que nous avons
essayé de la faire connaître.

II

LA CORRESPONDANCE DU CARDINAL DE BOUILLON AVEC LE ROI ET SES MINISTRES DURANT L'AFFAIRE DU QUIÉTISME [1]

Extraits inédits ou lettres inédites [2].

Du cardinal de Bouillon au roi [3].

16e mai 1697, à Marseille.

...J'aime mieux, Sire, pécher par trop d'exactitude à observer religieusement les ordres de Votre Majesté qu'à m'en écarter le moins du monde ; ainsi, j'ose supplier Votre Majesté, qui me marque par cette lettre particulière du 5e de ce mois, qu'Elle veut que je garde

---

1. *Archives des Affaires étrangères, fonds de Rome*, t. 382 et suivants.
2. Une petite partie de la correspondance du cardinal de Bouillon avec le roi et avec le marquis de Torci, secrétaire d'État au département des affaires étrangères, a été imprimée dans les *Œuvres complètes de Fénelon* (édition de Paris ou de Saint-Sulpice). Dans la partie de la correspondance de Fénelon, relative à l'affaire du Quiétisme (t. IX et X), nous trouvons huit lettres du cardinal au roi et sept au marquis de Torci ; la première en date est du 10 février 1699, la dernière du 2 avril 1699 ; elles se rapportent donc seulement à la fin du procès.— L'abbé Verlaque a entrepris de compléter cette publication dans la *Collection de documents inédits sur l'histoire de France publiés par les soins du ministère de l'instruction publique; Mélanges historiques ; Choix de documents*, t. IV, 1882 (p. 703) ; mais il s'en faut de beaucoup qu'il ait tout publié et sa publication est à compléter. Dans les longues dépêches du cardinal au roi et à Torci, il a négligé des parties importantes ; il a omis des lettres entières ; nous en publions un choix. La publication de l'abbé Verlaque s'arrête au t. 389 du fonds de Rome des Archives des Affaires étrangères, c'est-à-dire au début de l'ambassade du prince de Monaco, qui marque le commencement de la disgrâce du cardinal. Dans les tomes suivants, notamment les t. 403 et 404, il y a encore beaucoup de lettres du roi au cardinal, du cardinal au roi et à Torci; nous publions quelques-unes de ces lettres. — Cette publication permettra de suivre le progrès de la disgrâce du cardinal, s
3. Cf. VERLAQUE, p. 704.

le silence sur ce livre, de me faire savoir si son intention est que je
m'interdise même d'en dire mon sentiment doctrinal après que je
l'aurai examiné (ce que je n'ai pas encore fait), soit dans des conversations particulières, soit dans la congrégation du S¹ Office, à la tête
de laquelle je me trouverai presque toujours naturellement, la santé
de M** les cardinaux Cybo et Altieri, mes anciens, ne leur permettant
pas d'y assister. Le zèle et l'autorité de Votre Majesté, employés à
éteindre les premières étincelles capables de causer un grand embra-
sement dans l'Église, feront sans doute que la précaution que je
prends ici en demandant sur cela l'explication des ordres de Votre
Majesté, sera une précaution inutile, ne pouvant m'empêcher
d'espérer que ce livre ne sera porté à Rome que pour y être approuvé,
après les éclaircissements et les explications de la doctrine qu'il
contient, auxquelles des Prélats si zélés et si éclairés travaillent avec
des intentions si pures.

Je m'embarquerai incessamment pour Rome [1], et l'aurait même
fait aujourd'hui si ce n'avait été la fête de l'Ascension... (T. 384, fol. 2).

Du roi au cardinal de Bouillon.

Du 27ᵉ novembre 1697, à Versailles.

Mon cousin, les ordres que je vous ai donnés de solliciter fortement
et de presser le Pape de prononcer sur le livre de l'archevêque de
Cambrai sont si positifs que j'ai peine à croire les avis que je reçois
que vous laissez présentement languir cette affaire. Comme je ne vois
pas cependant que la décision en paraisse prochaine et qu'au contraire
toutes choses demeurent suspendues à cet égard, j'ai jugé qu'il était
nécessaire de vous renouveler encore les mêmes ordres que vous avez
déjà reçus de moi. Je ne doute pas aussi que vous ne fassiez bientôt voir
que vous vous souvenez parfaitement de ce que je vous dis avant votre

---

âprement dénoncé par l'abbé Bossuet à la cour de France. Elle montrera
qu'il ne manquait pas de franchise à l'égard du roi (voir les lettres du
16 mai 1697, du 12 décembre 1697, du 17 décembre 1698, du 16 janvier 1699).
On verra, à travers son style étrange, embarrassé, enchevêtré à plaisir,
qu'il souffrit cruellement de sa disgrâce. — M. F. Reyssié, dans son
ouvrage : *Le cardinal de Bouillon, 1643-1715*, a étudié l'affaire de Rome
d'après la publication des éditeurs de Fénelon et de l'abbé Verlaque. —
Nous modernisons l'orthographe, comme dans la publication des éditeurs
de Fénelon et dans celle de l'abbé Verlaque, dont celle-ci est un
supplément.

1. Il écrira de Rome le 4 juin 1697 : «...Je suis arrivé ici sur les deux
heures après minuit » (t. 384, fol. 15).

départ, de ce que je vous ai écrit depuis, et que votre conduite ne me
soit désormais une preuve certaine que les liaisons d'amitié ne vous
empêcheront jamais d'exécuter ponctuellement ce que vous savez être
de mes intentions... (T. 385, fol. 100).

Du cardinal de Bouillon au roi [1].

Sire,
                                    9ᵉ décembre 1697, à Rome.

Je n'ai pas cru pouvoir exécuter plus vivement et plus utilement les
ordres que Votre Majesté me donne au sujet du livre de M. de Cambrai
par la lettre particulière dont elle m'a honoré du 27 novembre, et qui
ne me fut rendue qu'hier au soir, qu'en la lisant aujourd'hui ponctuellement au Pape et à M. le cardinal Spada, afin que l'un et l'autre
connaissant que je courais risque de perdre tout ce que j'ai de plus
cher au monde, à savoir les bonnes grâces et la confiance de V. M.,
si l'on ne prononçait ici promptement sur le livre de M. de Cambrai,
suivant la prière que V. M. en avait faite au Pape ; que cette consi-
dération faisait que S. Sᵗᵉ ne pouvait jamais m'accorder une grâce à
laquelle je dusse être plus sensible qu'à celle d'un prompt jugement
rendu sur ce livre... (T. 385, fol. 183).

Du cardinal de Bouillon au roi [2].

                                    12ᵉ décembre 1697, à Rome.

... Je me suis bien aperçu néanmoins par les discours et du Pape
et de M. le Cᵃˡ Spada que les écrits donnés au public portant le
jugement des Prélats qui condamnent le livre de M. de Cambrai,
comme contenant des propositions et une doctrine hérétiques, avait
rendu la cour de Rome plus favorable à M. de Cambrai qu'elle ne
l'était auparavant, et tous ceux qui connaîtront bien l'esprit et les
maximes de cette cour conviendront qu'on ne pouvait rien faire qui
la disposât davantage en faveur de M. de Cambrai et de son livre,
que la décision faite par des Prélats de France et rendue publique
dans le temps que cette affaire était à Rome et qu'on priait le Pape
d'en décider...

---

1. Cf. VERLAQUE, p. 715.
2. Cf. VERLAQUE, p. 715.

J'ai répliqué au Pape que les Prélats dont il me parlait ne devaient
pas être regardés comme parties de M. de Cambrai, ni ce qu'ils avaient
donné au public comme un jugement qui prévint celui qu'on attendait
de Sa S^{té}, mais comme une simple déclaration de leur doctrine, dont
ils avaient été obligés de rendre compte au public, parce que
M. de Cambrai dans sa préface les avait rendus comme garants de sa
doctrine en disant que c'était la leur, et qu'ainsi on pouvait sans
attendre les réponses de M. de Cambrai, ni même les lui demander,
prononcer sur son livre.

Cette raison et tout ce que je pus ajouter d'ailleurs de plus fort et
de plus pressant ne me parut pas néanmoins suffisant pour déterminer le Pape à vouloir qu'on prononçât sur la doctrine de ce livre
sans attendre les réponses de M. de Cambrai... (T. 385, fol. 201).

Du roi au cardinal de Bouillon.

Du 26e mai 1698, à Versailles.

... Les examinateurs du livre de l'archevêque de Cambrai ayant
fini leur assemblée, rien ne doit plus empêcher la décision du Pape
sur cette affaire ; j'aurais lieu de l'attendre du zèle de Sa Sainteté
pour le bien de l'Église et pour le repos des consciences, aussi bien
que des fortes et fréquentes instances qui lui en ont été faites de ma
part, si je n'apprenais que l'on parle fort à Rome d'un accommodement.
Il paraît même que les ordres que je vous ai donnés ne vous empêchent
pas d'appuyer ce sentiment. Jamais affaire n'a été moins propre à être
accommodée que celle dont il est présentement question. Il faut nécessairement savoir à quoi s'en tenir... Ainsi, je vous ordonne expres-
sément de demander en mon nom cette décision à Sa Sainteté...
(T. 388, fol. 13).

Du roi au cardinal de Bouillon.

31 décembre 1698.

... Je persiste encore à attendre la décision du Pape sur une affaire
dont la connaissance a été remise à Sa S^{té}. Et si je vous ai marqué
par ma dernière dépêche ce qui me revenait au sujet de votre conduite,
les ordres que je vous ai donnés en même temps ont été de presser la
décision de Sa S^{té}, de la demander sans restriction, et de manière que
la racine du mal soit arrachée ; mais je ne vous ai rien prescrit sur
l'avis dont je désirais que vous fussiez en cette occasion.

Ainsi, lorsque vous m'exposez celui dont vous avez été dans la congrégation du St Office, je crois que vous avez suivi ce que votre conscience vous a dicté, que vous avez regardé le bien de l'Église, et l'engagement où vous êtes, comme chrétien et par le poste que vous occupez, de contribuer à tous ses avantages et à la tranquillité des fidèles.

Je n'ai donc point d'ordre à vous donner sur ce que vous avez cru devoir proposer, suivant en cela les mouvements de votre conscience. Je vous dirai seulement mon avis sur le compte que vous m'en rendez...

L'avis où vous êtes n'est nullement propre à décider à fond la question présente. La distinction du sens que l'on doit donner aux propositions du livre sera une source éternelle de disputes, après même que le Pape aura prononcé. On n'en voit que trop d'exemples dans l'histoire de l'Église.

...La distinction que vous proposez ne serait point une voie de découvrir les véritables sentiments de l'archevêque de Cambrai. Elle lui donnerait au contraire les moyens de les cacher plus aisément; et rien ne lui serait plus aisé que de dire qu'il a toujours entendu les propositions de son livre dans le sens qu'elles n'auraient pas été condamnées. N'en a-t-il pas usé lui-même de cette manière, en prétendant justifier le livre de la D^{me} Guyon, par les intentions de celle qui l'avait écrit et par des explications données trop tard ?

Du cardinal de Bouillon au roi.

10 janvier 1699.

...Sur le premier point j'assurerai V. M. sur mon honneur, et sur tout ce que j'ai de plus sacré, que non-seulement je n'ai jamais pris aucune voie secrète, ce qui serait un crime qui mériterait le plus rigoureux châtiment, pour traverser l'exécution des ordres de V. M., mais que si le Pape et les cardinaux avaient voulu suivre mes sentiments et ce que j'avais proposé dans les congrégations dans lesquelles V. M. entend que j'agisse uniquement selon mes lumières et ma conscience, indépendamment des ordres de V. M., il y a longtemps que le jugement aurait été rendu à la satisfaction de V. M.

...Pour ce qui est de M. l'abbé de Chanterac, tout l'accueil qu'on peut dire que je lui ai fait peut consister en ce que depuis qu'il est ici je l'ai retenu quatre fois à dîner avec moi, parce que le hasard fit que, ces quatre fois, M. l'abbé Bossuet venant dîner avec moi, j'eusse cru qu'il y aurait eu de la malhonnêteté à moi de ne le pas retenir aussi.

Sur la troisième accusation, qui consiste à dire que ma partialité pour M. de Cambrai et mon dessein d'éloigner le jugement de son livre que V. M. désire se prouvent encore par les discours de ceux qui me sont attachés, je dois dire à V. M. qu'entre tous les gens que j'ai chez moi d'un certain âge et d'une certaine sphère à portée de parler de cette affaire et de dire leur sentiment sur ces disputes et les ouvrages des uns et des autres, je sais qu'ils sont tous, si l'on en excepte le Père Charonier, dans des sentiments conformes à la doctrine de M. de Meaux, portés d'inclination pour lui, et fréquentant familièrement M. l'abbé Bossuet, au lieu que je n'en sais sur mon honneur aucun, pas même le P. Charonier, porté d'inclination pour M. de Cambrai, ni fréquentant M. l'abbé de Chantérac, chez qui même je sais qu'il n'a jamais été qu'une seule fois. (T. 400, fol. 26).

<hr>

Du cardinal de Bouillon au roi.

A Rome, ce 10ème janvier 1699.

Sire,

Cette autre grande lettre était écrite et cachetée, lorsque le courrier que V. M. m'a fait dépêcher le 31 du passé est arrivé... Le courrier est arrivé à quinze heures ; à seize, j'ai envoyé demander l'audience au Pape pour l'après-dinée à vingt-deux heures ; j'en sors et suis bien sûr que tout ce que j'ai dit à Sa S^{té} en lui lisant la lettre particulière de V. M., aussi bien qu'à M. le Card^l Spada, ne servira qu'à avancer le jugement du livre de M. de Cambrai, en conformité des justes et S^{tes} intentions de V. M., et si mes faibles lumières ne me permettent pas de convenir intérieurement des maximes contenues dans la dépêche particulière de Votre Majesté, je la supplie très humblement d'être bien persuadée que je n'ai et ne puis avoir d'autre motif, à moins que je ne fusse fou à lier, que celui du service de Dieu, de l'Église, et de V. M. pour laquelle sûrement je donnerais jusques à la dernière goutte de mon sang, n'ayant rien en ce monde que je puisse jamais préférer au désir de lui plaire. (T. 400, fol. 34).

<hr>

Du cardinal de Bouillon au roi.

A Rome, ce 16me janvier 1699.

J'ai reçu la lettre particulière dont V. M. m'a bien voulu honorer le 31me décembre pour me faire connaître ses sentiments, en réponse de la lettre que j'avais pris la liberté de lui écrire pour lui découvrir confidemment quels étaient les miens au sujet du jugement qui doit être prononcé par le Pape, tant sur le livre en général de M. de Cambrai que sur les propositions qui en sont extraites, aussi bien que quelques-unes des raisons sur lesquelles j'appuyais mon sentiment.

Depuis que j'ai vu dans cette réponse de V. M. que par les réflexions qui y sont marquées, elle ne jugeait pas que ce que je pensais fût propre à produire promptement la paix et la tranquillité de l'Église et de l'état, en coupant la racine du mal qu'a produit le livre de M. de Cambrai, je n'ai travaillé intérieurement qu'à pouvoir me conformer dans mon avis, sans manquer à mes devoirs par rapport au service de Dieu, aux réflexions contenues dans cette dépêche particulière de V. M. ; mais je dois dire à V. M. avec ingénuité que quelque désir que j'en aie eu, je n'ai pu changer de sentiment pour entrer dans celui de ceux qui croient qu'on peut et qu'on doit censurer les propositions du livre de M. de Cambrai, sans en déterminer le sens, avouant à V. M. qu'entre tous les faits et toutes les réflexions exposés à V. M. et rapportés pour combattre mon sentiment, je n'en ai trouvé qu'une seule qui ne servît pas d'abord à m'autoriser et à me confirmer dans ma première opinion.

Cette réflexion, Sire, est celle où l'on marque que la détermination de ce sens retarderait la décision de cette affaire, fournissant une nouvelle matière à des difficultés, en sorte qu'on ne verrait plus de borne à une affaire qui n'a déjà que trop duré.

J'avoue, Sire, que cette réflexion paraît d'abord très juste ; mais comme, grâce à Dieu, dans la dispute présente, il n'y a plus de difficulté sur le fond de la doctrine condamnable, et que M. de Cambrai reconnaît et condamne présentement lui-même, sans aucune restriction ni tergiversation, au moins apparente, toutes les erreurs attribuées à son livre par ceux qui l'ont combattu et continuent à le combattre, il est constant que la détermination du mauvais sens des propositions du livre de M. de Cambrai ne retarderait pas d'un seul jour, mais au contraire même avancerait la publication du Décret que le Pape prononcera, et sur cela je parle à V. M. avec la respectueuse sincérité que je lui dois et comme si j'étais à l'heure de la mort ; et si quelque raison empêche les cardinaux de conclure à prendre ce parti, déjà tracé par la condamnation faite par un si grand nombre de Docteurs de Sorbonne de plusieurs propositions extraites de ce livre, ce ne sera pas celle du retardement, mais plutôt la crainte très naturelle à cette cour de s'engager par des décisions précises et dont les exemples, tirés à conséquence, peuvent à l'avenir lui causer des embarras, qui à la vérité ne se trouvent plus dans la dispute présente, tout le monde convenant présentement, tant ceux qui combattent que ceux qui défendent

le livre de M. de Cambrai de la vérité du dogme ; et en cela les trois
Prélats qui se sont déclarés d'abord contre le livre de M. de Cambrai
ont rendu le plus grand service qu'ils pouvaient rendre à l'Eglise, en
l'obligeant d'éclaircir des matières qui ne l'avaient pas été jusques à
présent, en découvrant tout le venin qui pouvait être caché dans le
livre de M. de Cambrai. (T. 4oo, fol. 53).

Du roi au cardinal de Bouillon [1].

Le 17e mars 1699.

Mon cousin, les dernières lettres particulières que vous m'avez
écrites du 17e et du 24e février ne sont remplies que des nouvelles
instances que vous avez faites au Pape et des soins continuels que
vous apportez pour presser la décision si nécessaire de Sa S^{té} sur le
livre de l'archevêque de Cambrai. Vous ajoutez tout ce que vous
croyez qui peut servir à votre justification auprès de moi sur les
mauvais offices que vous prétendez qu'on vous a rendus, et en effet
j'aurais pu croire que c'est injustement qu'on vous accuse de n'avoir
point exécuté ponctuellement mes ordres dans cette affaire, si votre
conduite avait confirmé les protestations que vous me faites; mais je
veux bien que vous jugiez vous-même s'il est facile de m'abuser par
des paroles, lorsqu'elles sont manifestement contredites par des faits
entièrement opposés ; ce sont ces mauvais offices que vous vous êtes

1. *Archives des affaires étrangères ; Rome, 400, fol. 191.* Cette lettre,
datée du 17 mars 1699, c'est-à-dire du cinquième jour après la condamnation du livre des *Maximes*, est la dernière écrite par le roi avant
d'apprendre la condamnation. Dans l'édition des *Œuvres complètes de
Fénelon*, t. IX, p. 725, nous lisons un court billet du cardinal qui accuse
réception de cette lettre; il y dit : «...je la supplie [V. M.] très humblement
d'agréer que je diffère, jusque vers le temps de l'arrivée de M. le prince
de Monaco, à me donner l'honneur de répondre à la dépêche particulière
que V. M. a jugé, sur les plus faux de tous les rapports, devoir m'écrire le
16 de mars, comme à un homme qui aurait manqué à ses devoirs les plus
essentiels à l'égard de Dieu et de V. M.» A propos de ce passage de la
lettre, l'éditeur dit en note : « On voit par les lettres de l'abbé Bossuet, et
par la *Relation* de Phelippeaux, que le roi, en envoyant au pape le
Mémoire composé par Bossuet *contre le projet des Canons*, y avait joint
une lettre très dure pour le cardinal de Bouillon...» L'archevêque de Paris,
Louis-Antoine de Noailles, dans une lettre à l'abbé Bossuet du 16 mars 1699
(*Œuvres de Bossuet*, t. 30, p. 318), dit : « Sa Majesté... a pris sur-le-champ
le parti de dépêcher un courrier extraordinaire pour porter encore une
lettre de S. M. au Pape et des ordres très pressants, et durs même, au
cardinal de Bouillon.» C'est cette *lettre très dure*, ce sont ces *ordres très
pressants, et durs même*, que nous donnons ici intégralement.

véritablement rendus vous-même dans tout le cours de cette affaire ;
je croyais à la vérité que vous les feriez cesser en exécutant plus fidèlement mes ordres présentement qu'elle est sur le point d'être terminée,
et que vous effaceriez autant qu'il dépendait encore de vous les justes
sujets que j'avais de n'être pas content de votre conduite précédente ;
mais ce que je viens d'apprendre me fait voir que dans le temps même
que vous n'oubliez rien dans vos lettres pour me persuader de votre
zèle et de votre empressement à procurer une prompte décision du
Pape, vous mettez d'un autre côté tout en usage pour la retarder en
effet, et pour replonger cette affaire dans de nouvelles longueurs et
dans des discussions dont il serait impossible de prévoir la fin.

J'avais lieu de l'attendre de la disposition où vous me marquez par
ces deux lettres que vous avez laissé Sa Sainteté, lorsque je reçois des
nouvelles du commencement de ce mois entièrement opposées à celles
que vous m'aviez écrites ; j'apprends qu'en effet les ordres du Pape
avaient été donnés pour dresser le décret ; mais que lorsque toutes les
difficultés paraissaient devoir être terminées par cette résolution, vous
aviez trouvé le moyen d'embarrasser plus que jamais les affaires par
la proposition d'un nouveau projet plus capable de rendre inutiles
toutes les délibérations précédentes que de faire cesser les disputes.

Suivant ce qui me revient de ce projet, il consiste à établir des
règles générales sur la spiritualité ; on propose de donner à ces règles
le nom impropre de canons, et de décider par les articles qu'ils
conviendront de la saine doctrine sur cette matière ; on assure en
même temps que le Pape, sur vos instances doit donner ce nouveau
projet à examiner aux cardinaux, qu'il ne sera plus question du livre
de l'archevêque de Cambrai, qu'il s'agira seulement de marquer ce que
l'on doit croire sur des matières aussi abstraites.

Ainsi les fortes instances que j'ai faites depuis longtemps,
connaissant la nécessité qu'il y a que le Pape prononce sur le livre
de l'archevêque de Cambrai, deviendraient inutiles : ainsi ce serait
en vain qu'il se serait tenu tant de congrégations, que Sa Sainteté
aurait apporté autant d'application à s'instruire de l'importance de
l'affaire et à écouter les avis des cardinaux ; l'artifice des amis de
l'arch. de Cambrai serait assez puissant, malgré tant de soins et de
peines, pour sauver son livre de la censure prête à éclater contre cet
ouvrage, et pour détourner le fruit que l'Église attend de tant de
délibérations, par la proposition d'une nouvelle discussion entièrement
hors du fait dont il est question ; rien n'était si simple que la
demande que j'ai toujours faite ; le livre de l'arch. de Cambrai causait
du scandale dans l'Église ; j'ai demandé au Pape de prononcer
uniquement sur ce livre, de décider si la doctrine en était bonne ou
si elle en était mauvaise ; le principal soin de l'auteur a été depuis

d'embarrasser le jugement par différents écrits, par des explications postérieures de ses sentiments. Il y a réussi, et ces écrits ont causé les délais apportés au jugement de cette affaire ; enfin lorsque le zèle du Pape paraissait avoir dissipé toutes les intrigues formées pour empêcher ou pour retarder sa décision, ces mêmes intrigues sont assez puissantes pour susciter encore de nouveaux obstacles et pour rejeter l'affaire dans des discussions plus difficiles que jamais. Il semble que ceux qui soutiennent l'arch. de Cambrai, oubliant le bien de l'Église, regardent comme un point capital pour lui de prolonger les disputes, en sorte qu'un changement de pontificat change aussi la face des affaires, et lorsque vous deviez vous y opposer plus fortement que personne, comme étant chargé de mes ordres, parfaitement informé de mes intentions, enfin comme cardinal et devant avoir en vue le bien de l'Église, j'apprends au contraire que comme si vous étiez à la tête de cette cabale, c'est vous qui proposez au Pape des projets aussi pernicieux, et qui détournez le bien que l'Église attendait d'une prompte décision.

Vous m'assurez cependant, en même temps, que vous ne vous conduisez point par un principe d'estime et d'amitié pour l'archevêque de Cambrai ; qu'il ne serait pas capable de balancer dans votre cœur l'envie de me plaire; que vous réglez toutes vos démarches par rapport à la seule gloire de Dieu et à l'intérêt de l'Église; de pareilles expressions peuvent-elles s'accorder avec votre conduite et vous justifier dans mon esprit, et quelle confiance puis-je donner à vos lettres, lorsque je vois ce que vous m'écrivez détruit par des démarches toutes contraires ?

Comme je ne puis cependant me persuader qu'il vous tombe dans la pensée de contrevenir formellement à mes ordres, et de manquer à tout ce que vous me devez, je dépêche ce courrier pour vous faire savoir que mon intention est que vous rendiez au Pape la lettre que j'écris de ma main à Sa Sainteté, que vous lui demandiez instamment en mon nom de finir incessamment l'affaire par la même voie qu'elle avait prise pour décider promptement. C'était sur les fondements des promesses qui m'ont été renouvelées tant de fois de sa part, et dans vos lettres et par son nonce, d'un jugement net et précis sur ce livre et sur la dangereuse doctrine qu'il contient, que j'ai promis de mon côté de recevoir et d'autoriser dans mon royaume cette décision que je demande à Sa Sainteté ; si elle prononçait sur toute autre matière que celle du livre précédent, Elle peut juger que le fait étant changé l'engagement que j'ai bien voulu prendre ne subsisterait plus. Ainsi, quelque opinion particulière que vous puissiez avoir, je veux que vous fassiez connaître de ma part à Sa Sainteté que la proposition de ce nouveau projet va commettre visiblement l'honneur du Saint

Siège; qu'il paraît clairement que ceux qui en sont les auteurs se mettent peu en peine de ses véritables intérêts, pourvu qu'ils sauvent un livre dont la doctrine a déjà contre elle d'aussi violents préjugés; que c'est sur ce seul article que j'ai prié Sa Sainteté de prononcer définitivement, que la doctrine de ce livre forme l'unique question qu'il y ait eu à décider ; que je réitère encore les mêmes instances que j'ai déjà faites sur ce sujet; que je suis persuadé que Sa Sainteté entrera parfaitement dans les justes motifs qui m'obligent de prévenir le malheur d'un nouveau schisme dans mon royaume, et qu'elle doit juger de mes sentiments par les soins continuels que je donne à tirer mes sujets de l'erreur et à les remener dans le sein de l'Église : que l'unique moyen de leur rendre la paix que cette dispute trouble depuis quelques années est de se borner à l'affaire particulière du livre ; de n'en pas faire une affaire générale où toutes les Églises catholiques se croiraient intéressées; que c'est ce qui arriverait certainement si la cour de Rome voulait présentement donner des règles sur la spiritualité; qu'elle s'exposerait à des contradictions infinies ; qu'on ne verrait plus de terme au temps qu'il faudrait nécessairement employer pour traiter une matière d'une aussi grande étendue; que les difficultés s'augmenteraient tous les jours ; qu'il ne serait plus même au pouvoir du Pape d'y apporter le remède, et que toute la chrétienté verrait que j'aurais eu recours inutilement à Sa Sainteté pour étouffer le mal dans sa naissance ;

Qu'enfin j'attends de sa bonté paternelle cette décision claire et nette que je lui ai si souvent demandée uniquement sur le livre de M. de Cambrai ; que c'est elle seule qui doit arracher le mal dans sa racine, rendre le repos aux consciences faibles, et faire cesser le scandale que des opinions douteuses causent toujours dans l'Église.

Vous pouvez même ajouter que je suis persuadé que Sa Sainteté ne voudra pas m'obliger, par de plus longs délais, à chercher d'autres moyens de faire cesser une dispute dont je vois tous les jours les dangereuses conséquences. _________   Louis.

Du cardinal de Bouillon au roi.

6 avril 1700.

...Je vous dirai donc, Sire, en vous priant de me punir si je ne dis pas la vérité, qu'ayant été bien informé que le Pape, dans le fort de sa maladie et dans le temps qu'il n'était pas sans scrupule sur la conduite qu'il avait tenue dans l'affaire de M. de Cambrai, non pas par rapport à la doctrine de son livre, mais par rapport à sa personne, avait jeté des mots très forts, qui pouvaient faire croire qu'il avait intention de le nommer pour un des deux cardinaux qu'il avait réservés *in petto*, j'allai exprès dire la messe au noviciat des Jésuites, le premier jour de l'an ou le jour des Rois (car je ne me souviens pas positivement quel de ces deux jours, ayant dit ces deux jours la messe au noviciat des Jésuites), pour, au sortir de la messe, pouvoir parler au prince Baldigani que j'avais fait avertir de s'y trouver.

Ce fut, Sire, pour lui dire que je le chargeais de faire connaître incessamment au Pape de ma part qu'après la conduite qu'il m'avait vu tenir dans l'affaire de M. de Cambrai, il ne pouvait pas douter que je n'eusse de l'estime pour la personne de cet archevêque, quoique je fusse fort opposé à la doctrine censurée dans son livre, mais que, connaissant les choses comme je les connaissais, j'étais persuadé et convaincu, à n'en pouvoir douter, que S. S. ferait une chose contraire au service de Dieu et infiniment préjudiciable à l'Église, si elle avait dessein de promouvoir cet archevêque au cardinalat, et que, dans les conjonctures présentes, et tant que V. M. ne jugerait pas lui devoir procurer cette dignité, S. S. ne pourrait rien faire de plus contraire aux intérêts de l'Église que de faire un pas de cette nature, quelque conseil qu'on lui pût donner au contraire. Voilà, Sire, ce que je n'aurais jamais dit à V. M. sans la nécessité où je me trouve de me parer, par la droiture de ma conduite, des mauvais offices et faux rapports, passés, présents et à venir. Après cela, Sire, permettez-moi de vous demander une grâce comme la plus grande que vous puissiez m'accorder.

Cette grâce, Sire, au premier coup d'œil paraîtra ridicule et hors de propos à V. M. ; mais quand elle aura eu la bonté de faire réflexion qu'à un cœur qui n'est pas mal fait, et j'ose dire, comme est fait le mien, surtout pour V. M., il n'y a pas de peine et de fatigue qui ne soit douce, en comparaison de l'état dans lequel, sur les faux rapports et les charitables avis de mes envieux et de mes ennemis, je me trouve dans son esprit, Elle trouvera que j'ai raison de la supplier de m'accorder cette grâce et de préférer toutes choses à l'état dans lequel je languis et dont il ne me paraît pas possible de sortir, connaissant par une trop funeste expérience ce que l'envie est capable de produire, qu'en obtenant cette grâce de V. M.

Elle consiste, Sire, à me permettre, dans un temps où la vie du Pape, pour peu qu'il y veuille avoir d'attention, paraît assurée, au moins jusques à la chute des feuilles, de me rendre auprès de V. M., nonobstant la longueur et les fatigues du voyage et du retour, que je puis faire assez commodément en six mois de temps, demeurant quatre mois auprès de V. M.

...Le pis-aller sera ou de ne me pas trouver à un conclave, ou de ne m'y trouver qu'après qu'on y sera entré, si, entre ci et le mois de novembre, le Pape vient à mourir, ou de perdre le décanat en cas

que M. le Card¹ Cybo vint à mourir dans mon absence, et que le
Pape refusant de me donner un Bref plus ample que celui qu'il eut
la bonté de m'accorder au commencement de son Pontificat, par
lequel S. S. me permet durant mon absence de Rome d'opter tous
les six titres d'évêchés et que le Card¹ qui me suit voulût me
contester le rang de Doyen, avantage que je sacrifierai avec plaisir,
quand V. M. jugera que cela ne sera pas contraire à son service,
aussi bien que tout autre en ce monde, à celui de plaire à V. M. et
de posséder ses bonnes grâces que je n'ai eu qu'en vue de mériter,
depuis trois ans que je suis parti d'auprès d'elle, comblé de ses
bontés et de ses grâces. (T. 404, fol. 76).

Du roi au cardinal de Bouillon.

Du 26ᵉ avril 1700.

Mon cousin, la conduite que vous avez tenue depuis que vous êtes
à Rome ne me permet pas de vous accorder la grâce que vous me
demandez de venir auprès de moi. Et comme je suis persuadé que
vous ne pouvez aussi demeurer plus longtemps en cette cour sans
causer un préjudice considérable au bien de mon service, mon intention est qu'aussitôt que vous aurez reçu du prince de Monaco cette
lettre que je lui adresse, vous partiez sans chercher aucun prétexte de
différer et que vous vous rendiez à votre abbaye de Cluny ou à celle
de Tournus ; je laisse à votre choix de préférer celle de ces deux
abbayes où vous aimez le mieux faire votre séjour. Vous pourrez
même aller de l'une à l'autre ; mais vous me désobéiriez si vous
sortiez de cette étendue et vous ne pouvez trop promptement exécuter
les ordres que je vous donne à ce sujet.

Louis (T. 404, fol. 100).

Du cardinal de Bouillon au roi.

Caprarole ¹, le 2ᵉ juin 1700.

Sire,

Pardonnez-moi par un esprit de charité cet excès d'importunités
et ayez la bonté de vous donner la patience, pour la dernière fois de

---

1. Le cardinal Cibo, doyen du Sacré collège était tout proche de sa fin.
Le cardinal de Bouillon venait immédiatement après lui. La succession
lui revenait de droit. Mais pour obtenir et exercer cette charge, il fallait
être présent à Rome. Le cardinal sortit de Rome pour obéir au roi, mais
il s'arrêta à Caprarole, parce qu'il avait été décidé qu'on était censé être
présent à Rome, quand on n'en était pas éloigné de plus d'une ou même

ma vie, de vous faire lire toutes ces lettres, puisque ce seront les dernières que je me donnerai l'honneur de vous écrire de cette nature...

Messieurs les cardinaux d'Estrées et de Janson m'ont dit, en prenant congé d'eux, qu'avant qu'on eût nommé pour examiner le livre de M. de Cambrai les trois derniers examinateurs que l'on suppose que je fis ajouter, savoir Rodolovick, Le Drou et le P. Philippe, général des Carmes, tous les mauvais offices que l'on m'avait voulu rendre auprès de V. M. à l'occasion de cette affaire n'avaient fait que blanchir, mais que depuis ce temps là V. M., voyant que j'avais fait cela à son insu et contre ses intentions, me trouvant ici chargé de ses affaires et ayant toute sa confiance, cela m'avait fait un furieux tort dans son esprit et dans son cœur, et V. M. m'avait regardé comme un homme qui lui avait manqué.

Sur cela, je supplie V. M. de me permettre, pour la persuader de la fausseté de cette supposition, que je prenne la liberté de lui dire que je prie Dieu qu'il ne me fasse jamais de miséricorde (paroles qui seraient affreuses si je disais faux et si je n'étais obligé de les employer, pour assurer V. M. d'une vérité), je répète donc à V. M. ces paroles : que Dieu ne me fasse jamais de miséricorde, si j'eus la moindre part, directe ou indirecte, à la nomination de ces trois examinateurs, et si j'en eus même la moindre connaissance avant qu'ils fussent nommés ; et quand ils furent nommés, je crus que c'était l'abbé Bossuet qui les avait fait nommer, persuadé que j'étais que deux seraient contraires au livre de M. de Cambrai, savoir Le Drou, fort opposé aux Jésuites, docteur de Louvain, thomiste, qui avait toujours même passé pour favoriser les jansénistes, et entièrement dépendant du Card¹ Casanata, et le général des Carmes, par la raison que Maille, outré, comme V. M. sait, contre les Jésuites aussi bien que contre M. de Cambrai, dont il croyait que les Jésuites étaient les défenseurs, écrivit pour lors à M. le Card¹ Le Camus, quand il fut nommé, que celui-là, sûrement, serait contre M. de Cambrai, parce qu'il était grand thomiste, toujours fort opposé aux Jésuites. Pour ce qui est de Rodolovick, je n'avais aucune idée du parti qu'il prendrait.

Si V. M. avait la bonté de me dire sur quoi elle s'est déterminée, car il faut bien que ce soit quelque crime capital supposé, ou qu'elle ait lieu de croire que je lui aie manqué personnellement et que je l'aie trompée, en faisant des choses contraires à ce que j'ai eu l'honneur de lui écrire, je consens que V. M. me fasse couper la tête, ou

---

de deux journées. Il rentra à Rome *incognito* le 21 juillet, pour être à même de recueillir la succession du cardinal Cibo, qui mourut ce jour-là même. — Cf. Dangeau, 25 juin 1700, Saint-Simon, éd. Boislisle, VII, App. VIII.

au moins qu'elle me tienne en prison le reste de mes jours, si elle ne reconnaît, comme deux et deux font quatre, que ce qu'on lui a supposé sur cela sont faussetés.

... Non, Sire, je ne suis criminel d'aucune chose à l'égard de V. M., mais je suis bien malheureux qu'Elle ajoute si facilement croyance au mal qu'on lui dit de moi et me condamne, sans vouloir m'entendre, à des choses auxquelles sa justice ne lui a jamais permis de condamner d'autres personnes que moi [1]. (T. 404, fol. 162).

Du roi au cardinal de Bouillon.

Du 30e juin 1700, à Versailles.

Mon cousin, après les ordres que je vous ai donnés, j'avais bien lieu de croire que si je recevais quelqu'une de vos lettres, ce serait seulement pour m'informer de votre prompte obéissance. Celles que vous avez écrites pour justifier votre séjour en Italie ne contiennent aucune raison, par rapport à mon service, que je n'aie examinée avant que de vous ordonner d'en partir. Vous pouviez aisément faire cette réflexion, et il aurait été plus prudent de vous conformer à votre devoir en continuant votre voyage. Mon intention est que vous cessiez d'y apporter aucun retardement, sous quelque prétexte que ce soit, et vous me désobéiriez si vous retourniez à Rome, quelque nouvelle que vous puissiez recevoir. (T. 404, fol. 188).

---

1. Le cardinal de Bouillon attribuait sa défaveur et sa disgrâce à *la conduite qu'il avait tenue* pendant l'affaire du livre des *Maximes*. Dans sa lettre du 25 avril 1700, en l'exilant dans ses abbayes de Bourgogne, le roi parle de « la conduite » qu'il a « tenue » *depuis qu'il est à Rome* ; or, c'est bien de l'affaire du livre des *Maximes* qu'il veut surtout parler, puisqu'elle a été de beaucoup la plus longue et la plus importante. D'autres affaires pourtant s'ajoutèrent à celle-là : la querelle du cardinal avec l'ambassadeur de l'empereur sur une question de préséance, qui faillit dégénérer en une bataille sanglante en pleine ville de Rome, surtout l'affaire de la coadjutorerie de Strasbourg. Le cardinal de Fürstemberg souhaitait et demandait un coadjuteur ; le cardinal de Bouillon, chanoine comte de Strasbourg, espérait faire nommer son neveu, l'abbé d'Auvergne, déjà grand prévôt du chapitre de Strasbourg ; le roi favorisait la candidature de l'abbé de Soubise, âgé de 26 ans, le plus jeune des chanoines de Strasbourg. Le cardinal de Bouillon écrivit, dans les premiers mois de 1700, au P. de la Chaise, au roi, aux chanoines de Strasbourg des lettres très imprudentes qui firent, au dire de Saint-Simon, *un fracas épouvantable.* Par des lettres du 13 et du 29 mars 1700, le roi ordonna au cardinal de Bouillon de garder le silence, soit à Rome, soit ailleurs, sur l'affaire de la coadjutorerie. Sur cette affaire, voir Reyssié, mais surtout Saint-Simon, éd. Boilisle, VII, *passim* et Appendice VIII.

III

UNE LETTRE DE L'ABBÉ DE CHANTÉRAC A FÉNELON

Paris, 1 septembre 1701 [1].

Madame de Chevry, et M. l'abbé de Langeron, s'interessent pour mon affaire, Monseigneur, de la manière du monde la plus obligeante. Ils me menent chez mes juges, ils parlent fortement à leurs amis particuliers et l'on voit bien qu'ils sont resolus à me faire gaigner mon procez. On ne peut pas estre receu plus agreablement que Madame

---

.1. Cette lettre fait partie d'un recueil de *Lettres inédites de Fénelon*, publié en 1863 par X. Barbier de Montault. L'éditeur a mis en note : *Cette lettre n'est pas de Fénelon, mais à lui adressée.* Il ne sait par qui. Or elle est signée G. D. C. Ces initiales sont celles de *Gabriel de Chantérac*. Nous y voyons Madame de Chevry, sœur de l'abbé de Beaumont, nièce de Fénelon, et l'abbé de Langeron, travailler à faire gagner un procès à l'auteur de cette lettre; et cela est bien conforme aux rapports d'amitié et de parenté qui unissaient Fénelon, Madame de Chevry, l'abbé de Langeron, avec l'abbé de Chantérac. Cette phrase : « Il [le Premier Président] me dit, après l'avoir lue, ...que vous lui mandiez que je vous estois nécessaire à Cambrai; » s'applique parfaitement à l'abbé de Chantérac, ami intime, vicaire-général de Fénelon, plus étroitement lié avec Fénelon depuis l'affaire du Quiétisme. Ces mots: « Pour ce qui regarde l'insulte faite à mes sœurs » s'accordent avec ce que nous savons de l'histoire de l'abbé de Chantérac. Le ton de cette lettre est bien celui des lettres de l'abbé de Chantérac. La manière dont elle se termine est bien sa manière de finir. Le doute n'est pas possible. Enfin dans la correspondance de Fénelon, nous trouvons une lettre de Fénelon à l'abbé de Langeron, du 18 septembre 1701 (*Œuvres*, t. 7, p. 546), où il est dit : « Je prie Dieu qu'il vous rende tout ce que vous avez fait pour le bon abbé de Ch. (Chantérac). Il aurait été bien embarrassé sans vous. Je commence à être en peine de lui et de son procès. Suivant vos lettres, il devait être jugé incessamment, et je n'en reçois aucune nouvelle; ce long silence m'alarme un peu ». Ce procès est celui de notre lettre du 1er septembre 1701. Cette lettre n'a pas d'ailleurs par elle-même grande importance. Elle n'a que le mérite de nous montrer, une fois de plus, *le désintéressement à toute épreuve* (*Œuvres*, t. 7, p. 686) de l'abbé de Langeron, qui est pour Fénelon un agent d'affaires aussi dévoué qu'intelligent, et l'amitié de Fénelon et de l'abbé de Chantérac.

de Chevry le fust et moy avec elle, de M' le Premier President. Je lui rendis vostre lettre. Il me dit, aprez l'avoir leue, pour me faire une honnesteté que vous lui mandiez que je vous estois necessaire a Cambray et que pour me desbarrasser bientost il donneroit le Bureau a mon rapporteur toutes les fois qu'il le demanderoit. Il me pria deux et trois fois de vouloir bien faire responce pour luy a la lettre que je luy auois rendue de vostre part. Esperant ajousta-t-il que je vous dirois mieux qu'il ne scauroit faire combien il honnoroit tout ce qui venoit de vostre part. Et lorsque nous sortions de sa chambre il me dit encore d'un ton de voix a n'estre presque entendu que de moy seul. Tout ce que M. de C. assure, je le crois juste, je le croys vrai cela me suffit. Je ne veux point l'examiner davantage. Ces paroles convenoient fort bien aux demandes de mon procez mais son air disoit quelque chose de plus. M' l'abbé de la Garde est mon rapporteur. Il s'est desja acquis une grande reputation quoyque jeune homme Sa mauiere de me recevoir est bien differente de celle que les juges les plus civils peuvent prendre avec les plaideurs qu'ils veulent le plus distinguer. Il paroist fort attaché à M' le Duc de la Rochefoucaud et me raconta une conversation qu'il avoit eu avec luy depuis peu de jours qui regarde l'avenir et dont je vous fairay le recit a loisir dans une de nos promenades. Mon affaire se juge par grands commissaires : c'est a dire les onze plus anciens du grand conseil. J'ay consignee, et ceste apres disnée sera la quatriesme vacation pour la lecture des pieces. On croit qu'ils commenceront à opiner lundy, et la dessus on espere que l'affaire sera jugée la semaine prochaine. Pour ce qui regarde l'insulte faite à mes sœurs, M' l'abbé de L. et moi vismes hier tout à loisir M' le gouverneur de ces provinces qui m'embrassa de tres bon cœur. Il verra tout ce qui se peut faire et tesmoigne que ces violences ne scauroit estre reprimées avec trop d'authorité. Lorsqu'il est hors de son gouvernement, il ne peut point faire d'ordonnance ; mais il peut menager cette affaire ou avec le secretaire d'Estat ou dans le conseil des des des (*sic*) parties, ou du moins la recommauder a l'intendant, et je ne veux que ce qu'ils peuvent sans s'embarasser. M. L. de Langeron s'est chargé de faire un memoire sur les deux informations, de voyes de fait et de mauvaises mœurs, et sur l'impossibilité d'avoir justice dans aucun autre tribunal Je vous rends compte, Mgr, de tout ce detail comme a la personne du monde qui prend plus d'interest à tout ce qui me touche et a laquelle aussi je suis unie par de plus forts liens. Mon respect et mon devoument sont assurez (assurément) tres sinceres.

G. D. C.

IV

———

Instructions pour l'abbé de Chanterac, août 1697 [1].

Une copie manuscritte du projet d'une edition nouvelle.
L'eclaircissement deux ou trois copies.
Le memoire ou j'ai rapporté les passages exclusifs des S[ts].
Deux exemplaires de la grande tradition.
Les autres passages sur les diuers etats.
Les 20 questions faittes à M. de Meaux avec mes reponses et *mes
4 dernieres demandes.*
Memoires de M. de Chartres et mes reponses.
Les remarques de M. de Meaux avec les reponses que j'enuoyerai
des qu'elles seront faittes.
Le petit agenda fait sur une conversation de M. l'arch. *de Paris*
avec mes reponses a costé.
Exemplaires de mon livre.
Exemplaires de celui de M. de Meaux.
Ne donner point de dissertations, excepté mon eclaircissement, *les
demandes* des eueques et mes reponses.

Deffendre chaque passage 〈 1° par tous les correctifs du livre meme.
2° par des passages de Sts Canonisez aussi forts.

Si on admet la doctrine des eclaircissements, demander en quoi le
livre va plus loin, puis montrer dans l'eclaircissement sa conformité
auec le livre, et enfin produire les correctifs du livre semblables à ceux
de l'eclaircissement.

———

1. Titre de l'écriture de M. Gosselin, éditeur de Fénelon. Le reste est
de la main de Fénelon. (Bibliothèque de St-Sulpice: manuscrits de
Fénelon). Voir en particulier ce que Fénelon recommande ici relativement
aux Jésuites, au cardinal de Bouillon, même aux gens de Pamiers qui ont
défendu la Régale. Fénelon se ménage habilement des appuis contre la cour
de France.

Demander communication des ecrits qui serout produits contre moi, surtout des choses de fait pour rendre ma personne suspecte au pape sur la doctrine.

S'ouvrir aux Jesuites.

Ne voir M. le card. de Bouillou que quand il le voudra et lui faire demander ses ordres en secret.

Voir le dominiquain qui est son theologien.

Voir le pere Massouillé, assistant du general des Dominiquains.

Voir le pere Colombet augustin pour le card. Noris.

Voir M. de la Tuiliere mon ancien ami et ami du pere Massouillé.

Voir M. l'ab. de Barriere.

Voir M. le card. Coloredo de qui mon frere est connû.

Demander audience au pape. Lui dire ce qui a causé l'affaire, ce que j'ai offert, ce qu'on a voulu, ce que je suis prest à faire par soumission pour lui ; qu'il n'est question de rien pour les autres, mais de tout pour moi ; que je demeure diffamé, inutile, scandaleux ; que je condamnerai, s'il condamne, corrigerai s'il veut corriger, et expliquerai par des additions, s'il le trouve bon. Auantages de cet expedient. Proposer epitre dedicatoire au Pape et meme nouvelle édition à Rome. Lui montrer dessein qu'on a eu de me pousser en preuenant le Roi.

Voir Noris, Casanata etc.

Voir Mad. de Bracciano, si elle le permet, ou essayer de la faire agir sans la voir. De meme de M. son frère, l'ab. de la Trimouille.

Sauoir ce que fait a Rome M. Hennebel deputé des rigoristes de Louvain, quelles sont ses liaisons, comment il fait sur tout ceci et le faire sonder, sans se fier à lui.

Voir le pere general des Jesuites et l'assistant de France.

Si le pere Dez y est, le supposer bon ami et l'employer.

Parler du P. d'Aymerique au pere general.

Le Pere Estiennot, Benedictin, homme de merite, ami de M. l'arch. de Reims.

Les gens de Pamiers qui ont deffendu la regale.

Mémoire inédit [1].

M. de C. ne peut marquer trop fortement et trop promptement qu'il estoit si persuadé de la pureté des mœurs et meme de la sainteté

---

1. Ce mémoire de la main de l'abbé de Chantérac, au haut duquel l'éditeur de la correspondance a mis cette note : « Cet écrit parait être de l'abbé de Chanterac, et de juin 1698 : je ne sais à quelle lettre il appartient » ; est

de M. G. [Madame Guyon] par tout ce qu'elle lui avoit fait cognoistre de son interieur sans avoir neanmoins jamais voulu estre son confesseur, supposé que cela soit vray, qu'il faut qu'il avoue qu'il est l'homme du monde qui a le plus esté trompé par elle, et qu'il recognoit presentement, supposé la verité de ce qu'on publie que le P. L. [Lacombe] a declaré de son commerce infame avec cette femme, qu'il faut qu'elle soit la plus hypocrite et la plus meschante creature qu'il cognoisse, et qui a voulu abuser de la plus sainte idée de la perfection qui est le pur amour de Dieu sans meslange d'aucun interest particulier pour mettre a couvert toutes sortes d'actions honteuses, incompatibles avec tout estat de perfection, et que cela estant il est le premier a desirer que son livre qu'il n'a jamais entrepris pour servir de deffences aux ouvrages de M. G., lesquels il condamne de bonne foy comme contenant dans leur fonds naturel de veritables erreurs, mais qu'il n'a composé que dans la veuë de deffendre l'estat du pur amour de Dieu si loué dans tous les siecles par les S. mystiques, dans la crainte qu'on ne les confondit avec les Quietistes justement condamnez par le Sᵗ Siege, que dans la crainte des mauvaises consequences que quelques uns veulent tirer de son livre, il est le premier a desirer qu'il soit condamné dans les mauvais sens qu'on pourroit lui donner, quoyqu'ils n'ayent jamais esté le sien et qu'il croye meme les avoir entierement combattus non seulement dans ses ouvrages subsequents, mais dans son livre meme.

évidemment du cardinal de Bouillon. Il a été envoyé par l'abbé de Chantérac à Fénelon le 12 juillet 1698 (*Œuvres*, t. 9, pp. 463 et suiv.). L'abbé de Chantérac dit à Fénelon : « Je vous envoie un mémoire que j'ai écrit si à la hâte, que vous aurez sans doute peine à le lire ; mais je n'ai pas le temps de le copier, et vous en connaîtrez assez le style, sans que je vous parle davantage de l'auteur ». On remarque que ce billet ne se compose que d'une seule phrase : c'est bien la manière du cardinal de Bouillon. L'idée de faire condamner spontanément par Fénelon son livre dans le mauvais sens où on l'entend est aussi de lui ; nous le savons par plusieurs lettres. Ce mémoire est de l'époque où l'on ne croit plus, à Rome, à la vertu de Madame Guyon et où la lettre à Madame de Maintenon, publiée et répandue par les soins des adversaires de Fénelon, révèle une étroite liaison entre Fénelon et Madame Guyon. A cette date du 12 juillet, on commence à répandre aussi une partie de la *Relation sur le Quiétisme*. Un mémoire du même auteur et de la même inspiration fut envoyé par l'abbé de Chantérac le 26 juillet 1698 (*Œuvres*, t. 9, p. 478). On peut lui comparer celui-ci.

Lettre inédite de Fénelon à l'abbé de Chantérac [1].

A Cambray, 14 janvier (1698).

Je suis attendri comme je le dois, mon cher abbé, de toutes vos lettres, mais quoyqu'il arriue, demeurez en paix, tenez ferme en toute douceur et humilité. Si mon supérieur veut m'humilier, c'est a moi a receuoir de lui l'humiliation avec joye et docilité. Je suis bien éloigné de vouloir faire du trouble dans l'Eglise sur l'amour desinteressé par un interest personnel. Ma conduitte decrediteroit ma doctrine plus que toutes les censures. Il s'agit de la doctrine et non pas de nous.

Je crois qu'il seroit bon que vous fissiez faire attention au petit ouvrage du card. Bona intitulé : *Via compendii*. Le voudroit on rendre suspect de quietisme ? Blosius approuvé par nos uniuersitez de Flandres et par plusieurs d'Allemagne, sera t il aussi quietiste ? Veut on fletrir la doctrine et les expressions des saints canonisez, tels que le B. Jean de la Croix, Ste Therese, S^{te} cath. de Genes, S. Fr. de Sales ? N'est-ce pas tourner en mepris les canonisations du St Siège qui commence toûjours par l'examen des ouvrages des S^{ts}.

Pour mon livre, je laisse a juger sur les ecrits de mes parties et sur mes reponses, s'il merite une censure par les principes de doctrine qu'on appelle dit-on à Rome *doctrinale*, et venons aux raisons de conduitte qu'on dit que les Romains appellent *prudentiale*.

1º Entre faire expliquer un liure ou le censurer, il faut toûjours preferer l'explication à la censure. L'explication est plus douce. D'ailleurs elle est plus utile et plus sûre. Un François peut douter si le Pape a bien jugé. Mais quand il s'explique lui-même nettement et precisement, il s'engage même par honneur à suiure son explication et il se deshonoreroit s'il alloit jamais contre. Il n'est question que de

---

1. Il était facile de dater avec précision la lettre inédite que nous publions. Nous sommes au début du procès ; Fénelon en est encore à publier ses *Défenses*. Une lettre du 14 janvier et une autre du 15 janvier 1698 ont été imprimées dans les *Œuvres complètes*. Ces deux lettres et la lettre inédite que nous publions faisaient partie du même courrier. Cette lettre inédite était une lettre *ostensible*, à part une phrase. « Otez l'endroit où je parle d'offrir pour la suite une édition où les notes marginales seraient incorporées dans le texte, le reste est à peu près ostensible.» Fénelon prouve, un an avant la condamnation, que cette condamnation ne peut pas, ne doit pas être prononcée. Il exagère, il force le ton, il dépasse le but pour mieux l'atteindre. Il n'exprime peut-être dans aucune autre lettre, avec autant de force, la conscience qu'il a de ne s'être pas trompé et son horreur d'une censure. Nous publions cette lettre d'après l'original conservé à la bibliothèque de Saint-Sulpice.

le faire expliquer bien precisement et sans equiuoque. Par la
la verité est plus assurée qu'une censure, car l'auteur même est aussi
interessé que les superieurs a maintenir l'explication qu'il a donnée.
Remarquez qu'on ne m'impute aucune erreur, dont la contradictoire
ne soit clairement en termes formels dans mon liure, que la verité y
est clairement, souvent par principes bien enchaînez et par une
liaison éuidente de systeme, que les pretenduës erreurs n'y sont que
par consequence forcée, ou tout au plus par certains termes détachez
qui demandent d'etre determinez par toute la suitte. En mettant
toutes choses au pis aller contre la verité du fait, ce seroit encore le
cas le plus fauorable pour se contenter d'une explication. Il n'y
auroit qu'a reduire des contradictoires detachées et obscures a
d'autres contradictoires, claires, suiuies, et qui font le corps du
systeme. C'est le moins qu'on puisse accorder à un archeuêque
soumis, docile, voisin des protestants et calomnié par ses confreres
sur les erreurs les plus affreuses du quietisme. Il faudroit qu'on me
crût de mauvaise foi, et qu'on ajoûtat foi à toutes les horribles
accusations de M. de Meaux, pour ne se contenter pas d'une
explication et pour y ajoûter une censure. Si une explication suffit,
il ne reste plus qu'a sauoir si celles que j'ai déja données suffisent. Il
faut remarquer que les explications qu'un auteur donne de lui-même
en se justifiant sont infiniment meilleures que celles qu'on exige de
lui dans la decision. Celles qu'il donne de lui même montrent
la vraye doctrine et le fonds naturel de son cœur. Les autres
le fletrissent un peu, quelque adoucissement qu'on y mette, et
montrent que le Pape trouue qu'on a eu raison de le soupçonner.

2° Supposé même que l'on doutat de ma sincerité, qu'y auroit-il
de meilleur a faire pour la sureté de l'Église que de m'engager a
jamais par honneur dans des explications ? Croit on que je veuille
me dedire de mauvaise foi, reuenir contre mes explications coē un
insensé, et me reuolter un jour contre l'eglise ? Si je ne suis pas
un fou a enfermer, quand même je serois heretique et hypocrite, que
pourrois-je faire contre mes propres écrits imprimez ? Oserois-je,
pourrois-je renier toutes mes explications qui sont si précises ? Mes
ecrits vont teste baissée aux plus grandes difficultez. Je vais
ingenument aux dernieres precisions. Je n'epargne rien. Je me sers
des termes les plus forts et des principes les plus decisifs pour
trancher jusqu'a la racine des subtilitez et des equiuoques des
quietistes. Que doit on vouloir de plus, supposé même qu'on se
deffie de moi ? Une censure qui me fletrira à jamais pourra bien
m'empescher d'edifier mon troupeau, et de travailler utilement dans
ce diocese. Mais elle ne peut ajoûter aucune sureté effective à celles
qu'on a déja par mes explications pour m'empescher d'enseigner

le quietisme. Si j'etois assez insensé et assez detestable pour l'enseigner, je ne serois pas tant retenû par une censure de Rome que par mes propres ouurages qui me rendroient alors l'horreur et l'opprobre du genre humain. Supposé donc qu'on se deffiat de moi et qu'on ne craignit de moi quelque trouble pour la suitte, la bonne politique voudroit qu'on acceptat mes explications, qu'on me les fit rendre parfaites de mon pur mouvement, et qu'ensuitte on me justifiat, qu'on n'oubliat rien pour me gaigner par bon traittement, et par l'interest de ma reputation sauuée, afin que j'eusse davantage a perdre et que je fusse retenu par tant de liens touchants, si jamais j'étois tenté de fauoriser l'erreur que j'aurois condamnée.

3° A l'egard des lecteurs de mon liure, que doit-on craindre ? L'eclat peut-il être plus grand qu'il l'a été ? La memoire en durera dans tous les siecles. Les accusations de mes parties et mes reponses feront assez voir le vrai sens du liure qui condamne toutes les erreurs qu'ils ont condamnées, qui établit toutes les veritez qu'ils ont établies, et qui ne differe d'eux que par la doctrine de presque toute l'école sur la nature de la charité que j'ai deffenduë et par leur oraison passiue tres fauorable a l'illusion que j'ai rejettée. De plus les notes de mon livre ne permettent plus aux mystiques les plus entestez de trouver aucun pretexte de s'imaginer que mon liure les fauorise. Une censure faitte à Rome a l'instante sollicitation du Roi ne leur persuadera gueres qu'on ait bien entendu mon livre et qu'on l'ait justement condamné. Mais pour mes notes et mes explications, elles montrent euidemment ma pensée naturelle, les bornes que j'y ai posées, et les vrais principes sur lesquels je condamne tout ce qui va plus loin ; voila ce qui est capable de moderer et de ramener plus que tout autre chose les mystiques outrez qui voyent que je ne dois pas leur être suspect et que je soutiens tout ce qui peut être soutenu dans la doctrine de la vie spirituelle. Enfin voici une chose que je puis faire et que je ferai sans peine. Il faudroit que l'edition de mon liure que je ferois d'abord n'eut que l'ancien texte avec les notes marginales. Tout changement du texte me fletriroit aprez ce qui s'est passé. Mais dans la suitte je ferois une autre edition plus ample ou je mettrois de mon pur mouvement dans le corps du texte tout ce qu'il y a de plus precautionné dans les notes marginales ; mais il faut bien se garder de faire cette offre, et il faut garder cet expedient jusqu'a la dernière extremité.

4° Il faudroit vouloir se tromper a plaisir pour croire qu'une censure ne me fletriroit pas sans ressource, et ne me rendroit pas inutile à tous mes emplois pour toute ma vie. Plus mes parties sont venerables par leur rang et par leur reputation, plus la censure qui suivroit leurs accusations me rendroit odieux. D'ailleurs plus leurs

accusations sont atroces, plus on croiroit que la censure foudroieroit
en moi d'erreurs damnables et contagieuses. Mes emplois et mon
caractère qu'on supposeroit qu'on auroit tasché d'epargner seruiroient
encore a me noircir dauantage ; car on supposeroit avec raison qu'il
faudroit que je fusse bien inexcusable, puisqu'aprez tant d'examens
on n'auroit trouué ni en France ni a Rome aucun moyen de m'ex-
cuser et de me sauuer d'une censure infamante sur le quietisme.
Enfin mes ecrits même se tourneroient en deshonneur et en conuiction
contre moi. On diroit : Il a eu un an pour s'expliquer de viue voix
par des manuscrits et même par des imprimez ; il n'y a rien qu'il
n'ait fait pour adoucir son liure et pour le ramener a la sainte foi, le
livre étoit si clairement quietiste que ceux même qui vouloient lui
faire grace n'ont pu en conscience l'epargner.

Ajoutez qu'on ne pourroit point alleguer ma bonne intention. Si
l'interest propre est manifestement dans mon livre le salut eternel,
j'ai voulu manifestement qu'on renonçat au salut et qu'on mit la
perfection dans un desespoir impie. C'est ma pensée ; c'est l'esprit de
tout mon liure ; c'est l'unique but pour lequel je l'ai ecrit. Ce liure
n'a qu'un seul poinct indiuisible : ce poinct indiuisible est manifestement le comble du quietisme ; il faut que j'aie voulu de propos
déliberé enseigner l'abomination pour la mettre dans le lieu saint. Si
au contraire je n'ai point entendu par interest propre le salut, je suis
excusable dans mon intention. Mais des lors ceux qui me condamnent
sont inexcusables devant Dieu et devant les hommes ; car pourquoi me
deshonorer dans mon ministere et faire un scandale sans remede
plus tost que de receuoir mes explications fondées sur les expressions
semblables de tant de Sts. Si mes confreres sont inexcusables de
n'auoir pas reçu mes explications, le Pape ne doit pas autoriser leur
mauuaise conduitte et accabler mon innocence persecutée. Qui est ce
qui pourra croire que je suis innocent quand on verra que le Pape,
loin de reprimer la persecution de mes confreres, la confirme par la
censure. On ne pourra jamais croire dans le monde qu'on ait voulu
fletrir ainsi impitoyablement un archeuêque qu'on a cru de bonne foi
et de bonne intention. Il sera naturel de supposer qu'on a decouuert
dans mes ecrits et dans ma personne un venin caché.

Apres cette fletrissure pourroit on conseiller aux maisons de Religieuses de ce diocese de se fier à moi pour leur conduitte ? Pourroit
on obliger les peuples à m'ecouter avec confiance dans mes predica-
tions comme un pasteur qui ne leur enseignera que la pure parole
de Dieu sur la perfection ? Peut on exiger du clergé et de tous les
ordres religieux, et même des laïques, une certaine defference pour
moi, faute de quoi l'autorité est eneruée et auilie ? Pourroit on
conseiller au Roi de me laisser acheuer l'instruction si precieuse des

princes ses enfants ? Si les anciens canons excluent du ministere tout
homme qui a fait penitence publique, a combien plus forte raison
faudroit-il m'exclure de l'episcopat, moi qui serois tombé dans les
plus detestables erreurs au milieu de l'episcopat, et qui devrois faire
le reste de mes jours dans quelque desert une penitence exemplaire
pour auoir enseigné si publiquement le desespoir le plus fanatique.
Il n'est pas question ici de dire que je n'ai pas crû ce que le texte de
mon livre enseigne ; car outre que je n'ai pû ignorer la valeur de ces
termes qu'on suppose si clairs et dont on assure que j'ai voulu insinuer
le sens dans toute la suitte de mon systeme ; de plus il s'agit d'une
erreur qui retombera precisement sur mes intentions, puisqu'on
supposera toûjours qu'on auroit reçû benignement mes explications
pour sauuer l'honneur de mon ministere, si on eut pû sauver mes
intentions en me faisant expliquer mes paroles Les erreurs dont
il s'agit ne sont pas comme certaines erreurs purement speculatiues ;
il s'agit des erreurs monstrueuses du quietisme dont le seul nom fait
fremir d'horreur tous les gens de bien, et rendroit odieux tout particulier, a plus forte raison un archevêque. Il faut qu'on suppose que
j'ai mis la perfection a vouloir être damné, que j'ai voulu dispenser
les chretiens de toutes les vertus, en ne les laissant que dans une
cime de l'esprit chimerique, et que j'ai accordé par cette damnable
subtilité la perfection avec tous les vices les plus reels. Si la declaration des prelats preuaut, et si mon livre est censuré en consequence,
voila ce que tout homme sensé doit conclure.

Il n'est pas question d'une rigueur grammaticale, ni d'une finesse
de dialectique sur le texte de mon liure. Outre que je le crois a l'abri
de ce costé la en toute rigueur par mes notes et par mes deffenses, de
plus j'ose dire que les examinateurs doiuent avoir des vuës plus
etenduës dans cet examen. Ils doivent regarder et ma personne pour
l'Eglise, et, ce qui est infiniment plus important, les écrits de tant
de saints canonisez, qui seront ineuitablement fletris et suspects dans
toute l'Eglise, quoiqu'ils ne soient pas compris dans la censure de
mon liure ; car le lecteur saura bien dire ce qu'on dit déja de tous
costez, sauoir que ma censure seroit tacitement et indirectement celle
de tous ces sts canonisez, qui ont parlé plus fortement que moi et
avec beaucoup moins de precautions pour etablir le vrai et pour
condamner le faux. Les examinateurs doiuent même être plus occupez
d'un liure qui attaque ouuertement et directement la deffinition de la
charité reconnuë par toute l'Ecole et qui peut seule confirmer la
superiorité de cette vertu, major autem horum est caritas, que par des
termes obscurs et negligez. Si mon liure demeure censuré, et si celui
de M. de Meaux enuoyé au Pape est en honneur, le parti de ceux qui
attaquent la vraye notion de la charité acheuera de preualoir. Le

nombre en croist tous les jours depuis que M. de Meaux a fait entendre que cette notion trop subtile a été la source cachée du quietisme et qu'on ne le deracinera jamais qu'en decreditant cette doctrine. Ils croyent auoir la faueur pour eux, et ils se vantent que dans peu d'années personne n'osera plus l'enseigner. Ainsi ils reduiront peu a peu tout amour de Dieu a un desir de la beatitude en lui qui peut être purement naturel.

Voila, mon cher abbé, tout ce qui me vient presentement sur cette matiere. Ajoûtez y tout ce que Dieu vous donnera. Il m'importe beaucoup de sauoir au plus tost si on veut a Rome que je souffre en paix et en silence sans publier mes ecrits, et que j'attende ainsi la decision, ou bien si on veut me laisser produire toutes mes deffenses pour voir a loisir quelle sera la disposition publique la dessus. Pour moi, je dois au Pape le respect de ne rien donner au public sans lui demander ses intentions et sans tascher de les pressentir. Il me faut au plus tost ou une reponse nette ou un signal ou un silence que je puisse expliquer sans m'exposer a deplaire au Pape. Tout ce qui va a souffrir, a me taire, a sacrifier ma reputation, quand le pere commun le voudra, m'est bon. Mais s'il veut que je publie mes écrits, le public qui a ouvert déja les yeux sur l'injustice des accusations acheuera d'en être conuaincû. L'affaire en sera plus aigrie, mais il n'aura pas tenû à moi que je n'aye pris des voyes plus douces. En attendant, on imprime tout en françois ; mais rien ne paroîtra que je n'aie reçû les ordres de Rome ou appris qu'il ne faut pas les esperer, mais agir librement sans crainte de blesser mon superieur.

Vous pouvez, mon cher abbé, faire copier les endroits de cette lettre qui vous paroitront utiles a montrer au P. Massoulier et a d'autres, afin que la lecture fasse encore plus d'impression qu'une conuersation passagere.

Après tout cela, je conclus coē l'Almanach : Dieu sur tout. Tout ce qu'il fera sera bien fait. Il tient les cœurs dans ses mains, et les hommes les plus politiques ne feront qu'accomplir ses desseins. *Amen, amen*, quels qu'ils puissent être. Je suppose que vous instruirez bien a fond par voyes indirectes M. le cardinal de Bouillon. N'oubliez rien pour frapper vivement les card. Cazanata, Noris, Daguire et les autres que vous sauez qui ont le plus de credit et de discernement sur les consequences de cette affaire. Pour les consulteurs taschez de raisonner avec eux sur chaque article contesté, ayant en mains le livre avec les notes et la declaration ou le Summa avec la reponse.

Au surplus respirez, dormez, portez-vous bien, priez pour l'affaire ; car c'est par l'oraison qu'il faut que l'oraison soit justifiée. Tout a vous, mon cher abbé.

Je salue de tout mon cœur M. de la Templerie.

Faites, je vous conjure, un extrait exact de tout ce qu'il y a d'ostensible dans cette lettre, et faites le lire a tous ceux que vous croirez qui peuuent le lire utilement; mais n'en laissez echapper aucune copie. Pour être plus assuré qu'on n'en pourra faire aucune copie, ne le donnez a lire qu'en v̄r̄e présence et reprenez d'abord le papier. Ostez l'endroit ou je parle d'offrir pour la suite une edition ou les notes marginales seroient incorporées dans le texte; le reste est à peu pres ostensible.

LETTRES DE L'ABBÉ DE CHANTÉRAC A L'ABBÉ DE MAULEVRIER ET A FÉNELON [1]

Note préliminaire.

—

Les deux cousins, l'abbé de Langeron et l'abbé de Maulevrier, étaient restés à Paris, *pendant toute la discussion de l'affaire* [2], servant de leur mieux les intérêts de Fénelon. L'abbé de Chantérac entretint, durant son séjour à Rome, une correspondance régulière avec eux. Les lettres sont adressées à l'un des deux, mais souvent elles sont pour les deux ; et l'abbé de Chantérac envoie pour deux lettres une seule réponse. Ainsi nous lisons, dans la lettre du 5 novembre 1697 (*Œuvres*, t. 9, p. 234) : « Je réponds exactement toutes les semaines, mais je confonds bien souvent dans une même réponse ce qui est pour vous ou ce qui regarde M. votre cousin, parce qu'il me semble que vous l'approuvez ainsi. » Voici d'autres exemples : « Je suis de tout mon cœur à vous avec le même respect, quelque part où ma lettre vous soit rendue; et comme vous la rendez commune pour les nouvelles avec M. votre cousin, il faut aussi qu'il prenne part au compliment (31 décembre 1697, *Œuvres*, t. 9, p. 286). » — « Vous savez mon respect et mon dévoument pour toutes les personnes qui doivent lire cette lettre avec vous (7 janvier 1698, *ibid.*, p. 292). » — « Je suis, monsieur, tout à vous et à M. votre cousin... (4 février 1698, *ibid.*, p. 315). » — « ...Je suis pressé ce soir, et je veux seulement vous assurer que je suis toujours plein de respect

---

1. Bibliothèque de Saint-Sulpice ; manuscrits de Fénelon.
2. L'abbé de Beaumont au marquis de Fénelon (*Œuvres*, t. 10, p. 55).

pour vous et pour M. votre cousin (12 février 1698, *ibid.*, p. 323). »
On en pourrait citer beaucoup d'autres. C'est une grande difficulté
de distinguer l'un et l'autre cousin. Est-ce de l'abbé de Maulevrier,
est-ce de l'abbé de Langeron que parle l'abbé de Chantérac quand
il dit : *M. votre cousin ?* L'éditeur de la correspondance de Fénelon,
M. Gosselin, dit en note (*Œuvres*, t. 9, p. 207), à propos de la première de ces lettres : « Nous n'avons pu découvrir précisément si
c'est à l'abbé de Langeron ou à l'abbé de Maulevrier que cette lettre
et plusieurs des suivantes sont adressées. Mais c'est bien certainement
à l'un ou à l'autre. Nous avons mis pour cela le nom entre paren-
thèses. Il suffit de le remarquer une fois pour toutes. » En y regar-
dant de plus près, on peut cependant dire *précisément,* pour un
assez grand nombre de ces lettres, à qui elles sont adressées.

Les premières sont datées du 8 octobre, du 15 octobre, du 22 octobre, du 29 octobre 1697. Or, dans la lettre du 29 octobre 1697 (*Œuvres*,
t. 9, p. 229), nous lisons : « Vous voyez bien, monsieur, que je reçois
exactement toutes les semaines de vos nouvelles, puisque j'ai l'honneur de vous faire réponse à tous les ordinaires. J'écrivis par le
dernier à M. l'archevêque de Cambrai et à M. l'abbé de Maulevrier
de la manière que vous avez témoigné le désirer. » C'est donc
sûrement à l'abbé de Langeron que cette lettre est adressée, et par
suite les lettres qui précèdent jusqu'à cette date du 29 octobre 1697.

Dans la lettre du 8 avril 1698 (*ibid.*, p. 371), nous lisons : « Je suis
toujours, monsieur, tout ce que je dois pour vous et pour monsieur
votre cousin, et pour M. l'abbé de Beaumont, s'il vous plaît. » L'abbé
de Langeron et l'abbé de Beaumont, tous deux employés à l'éduca-
tion du duc de Bourgogne, sont rapprochés dans cette lettre ; et cette
lettre est adressée à l'abbé de Maulevrier. Nous lisons dans la lettre
du 15 avril 1698 (*ibid.*, p. 376) : « Je répondrai ici à l'une et l'autre
[de ces deux lettres], aussi bien qu'à celle de monsieur votre cousin,
et même à celle de M. l'abbé de Beaumont... » L'abbé de Langeron
et l'abbé de Beaumont sont encore rapprochés dans cette lettre, et cette
lettre est adressée à l'abbé de Maulevrier.

Dans la lettre du 22 avril 1698 (*ibid.*, p. 385), l'abbé de Chantérac
parle de la lettre de *messieurs nos abbés* ; il ne distingue même plus
M. votre cousin et *l'abbé de Beaumont* ; cette lettre aussi est
adressée à l'abbé de Maulevrier. De même la lettre du 29 avril 1698
(*ibid.*, p. 393), où l'abbé de Chantérac nomme deux fois *MM. les
abbés.*

Dans la lettre du 24 juin 1698, écrite par l'abbé de Chantérac après avoir reçu la nouvelle de la disgrâce de *MM. les abbés* de Beaumont et de Langeron (*ibid.*, p. 449), nous lisons : « Depuis l'éloignement de ces messieurs, j'ai vu M. le cardinal Spada ». L'expression *ces messieurs* désigne les abbés de Beaumont et de Langeron et les sieurs Dupuy et de Léchelle; ce n'est donc pas à l'abbé de Langeron que la lettre est adressée, mais à l'abbé de Maulevrier. Dans la lettre du 1er juillet 1698 (*ibid.*, p. 455), nous lisons, encore au sujet de cette disgrâce : « Je ne me donne point l'honneur d'écrire en particulier à monsieur votre cousin, parce que j'espère qu'il sera bien persuadé que je prends toute la part que je dois à tout ce qui l'intéresse, et je ne crois point exagérer en disant que je suis plus touché que lui-même de son état présent... Son absence me prive d'un secours considérable que je trouvais dans les avis et dans les instructions qu'il me donnait dans ses lettres ». Il s'agit là de la disgrâce de l'abbé de Langeron, cousin de l'abbé de Maulevrier et c'est à l'abbé de Maulevrier que cette lettre est adressée.

C'est encore à l'abbé de Maulevrier qu'est adressée celle de l'ordinaire suivant, 8 juillet 1698 (*ibid.*, p. 460). Après ce que nous venons de lire dans la lettre du 1er juillet, il est clair que ce n'est pas à l'abbé de Langeron, mais à l'abbé de Maulevrier que l'abbé de Chantérac écrit : « Je n'ai point reçu, monsieur, de vos nouvelles par ce dernier ordinaire : seront-elles perdues ou retardées, ou n'aurez-vous pas eu le temps de m'écrire ? »

Les lettres communes reprennent à partir du 22 juillet 1698. A cette date, l'abbé de Chantérac écrit : « Je suppose que cette réponse suffira pour monsieur votre cousin et pour vous (*Œuvres*, t. 9, p. 473) ». Mais il semble bien que ce soit à l'abbé de Maulevrier qu'il s'adresse. Dans celle du 19 août 1698 (*ibid.*, p. 496), nous lisons : « Je n'ai point reçu de vos nouvelles, monsieur, par ce courrier ; mais monsieur votre cousin m'a fait l'honneur de m'écrire... Je ne saurais lui faire réponse en droiture, parce que je n'ai point son adresse, et j'attendrai que vous ayez la bonté de me dire de quelle manière je dois agir en cela ». C'est de l'abbé de Langeron qu'il s'agit ; l'abbé de Langeron a changé de situation et de domicile ; l'abbé de Chantérac n'a pas son adresse, et c'est à l'abbé de Maulevrier qu'il écrit. Les lettres du 12 et du 19 août 1698 sont donc aussi adressées à l'abbé de Maulevrier.

Dans la lettre du 21 janvier 1699 (*ibid.*, p. 655), l'abbé de Chantérac, parlant de la santé de son correspondant qui l'inquiète depuis quelque temps, dit : « La grande opération fait toujours peur, quoiqu'après tant d'expériences il semble qu'il ne soit plus permis de se laisser trop effrayer là-dessus aux préjugés de l'enfance. J'espère qu'une vie tranquille et plus réglée pour le sommeil qu'elle n'aurait pu l'être en servant votre quartier cet hiver, pourra vous mettre en état de l'éviter ». Ces mots ne conviennent pas à l'abbé de Langeron, chassé de la cour depuis le 2 juin 1698 ; l'expression : *servir son quartier* ne s'applique pas d'ailleurs à sa charge de lecteur du duc de Bourgogne. Ces mots conviennent au contraire très bien à l'abbé de Maulevrier, aumônier du roi depuis 1697. Cette lettre est adressée à l'abbé de Maulevrier et non à l'abbé de Langeron. Par conséquent, les lettres qui précèdent, du 9 décembre (p. 613), du 16 décembre (p. 625), du 23 décembre (p. 629), du 3 janvier (p. 639), où l'abbé de Chantérac paraît être en peine de la mauvaise santé de son correspondant sont aussi adressées à l'abbé de Maulevrier. De même celles qui suivent du 27 janvier (p. 667), du 3 février (p. 672), du 10 février (p. 678) qui expriment le même souci. Pour ces huit lettres, il faut substituer dans l'édition des *Œuvres complètes* le nom de Maulevrier à celui de Langeron.

Dans l'édition des *Œuvres complètes*, il y a cinquante-cinq lettres de l'abbé de Chantérac aux abbés de Maulevrier ou de Langeron. Nous y ajoutons les lettres inédites suivantes : 16 juillet 1698, 29 juillet 1698, 9 août 1698, 26 août 1698, 23 septembre 1698, 7 octobre 1698, 14 octobre 1698, 4 novembre 1698, 25 novembre 1698, 7 décembre 1698, 30 décembre 1698, 6 janvier 1699, 24 février 1699, 3 mars 1699, 10 mars 1699, 17 mars 1699, 24 mars 1699, 31 mars 1699, 7 avril 1699, 14 avril 1699, 21 avril 1699, 28 avril 1699. Nous publions en outre deux billets de l'abbé de Chantérac à Fénelon du 27 janvier 1699 et du 7 février 1699 [1].

L'examen que nous venons de faire des lettres publiées nous permettra de dire exactement à qui sont adressées la plupart de ces lettres inédites de l'abbé de Chantérac, et de décider entre l'abbé de Langeron et l'abbé de Maulevrier.

---

1. Nous publions ces lettres de l'abbé de Chantérac d'après les originaux, excepté la lettre du 30 décembre 1698, dont la copie seule est conservée à bibliothèque de Saint-Sulpice.

De l'abbé de Chantérac à l'abbé de Maulevrier [1]

Rome 16eme juillet 1698.

Voicy, monsieur, un second ordinaire que je n'ay point reçu de vos nouvelles, et vous ne doutez pas que ce retardement n'augmente mon inquietude. Je crains pour vostre santé. Je ne sçay ou je dois vous aller chercher. J'apprehende que mes lettres ne vous soyent pas rendues. Faites moy sçavoir, je vous prie, ce que je dois penser sur vostre sujet, et reglez la conduite que je dois tenir dorenavant à vostre esgard. Si vous ne le pouvez pas de vostre main, faites du moins que quelque autre plus libre me l'apprenne de vostre part.

On voit icy deux nouveaux livres contre M. de C. qui parlent plus de la conduite des Prelats à son esgard que de sa doctrine. L'Instruction Pastorale de M. de Chartres ne reveille pas beaucoup l'attention du lecteur, a ce qu'on m'a dit : car je ne l'ay pas encore veue. Je sçay seulement qu'il a fait imprimer a la fin une lettre que M. de C. lui escrivoit sur le sujet de son livre, dans laquelle il pretend faire voir que cet archevesque n'en expliquoit pas alors les endroits combattus, comme il les a expliquez depuis dans ces responces imprimées. Mais il sera aisé d'esclaircir ce fait par le cahier des demandes et des responces qu'ils se sont faites sur ce sujet. C'est dans la meme page. On voit d'un costé la demande et de l'autre la responce vis a vis l'une de l'autre. Cela paroistra encore plus decisif qu'une lettre qui souvent a raport a des disputes trop generales. Le second livre qu'on lit icy avec curiosité est la Relation du Quietisme en France, ou M. de Meaux commence son histoire par Mad. G. en raportant ses fausses propheties et ses illusions. Il expose comment il fust engagé a examiner sa doctrine, les sujets de crainte que M. L. de Fenelon lui donna par ses conversations et par quelques escrits qu'il ne fust trop preoccupé des fausses maximes de cette femme; comment il se rassura, ayant les lettres que cet Abbé luy escrivoit toutes pleines de docilité et de soumission pour ses sentiments. Il les raporte tout au long, aussi bien que les protestations qu'il luy fist quelques jours avant son sacre de ne s'esloigner jamais de sa

---

1. Les lettres de trois ordinaires précédents du 24 juin, du 1er juillet et du 8 juillet sont adressées, nous l'avons vu, à l'abbé de Maulevrier. Dans celle du 8 juillet, l'abbé de Chantérac disait : « Je n'ai point reçu, monsieur, de vos nouvelles, par ce dernier ordinaire. » Celle-ci commence par ces mots : « Voici, monsieur, un second ordinaire que je n'ai point reçu de vos nouvelles. » C'est au même personnage, à l'abbé de Maulevrier, qu'elle s'adresse. Dans le manuscrit, elle est faussement intitulée : De l'abbé de Chanterac à l'abbé de Langeron.

doctrine, et enfin il insere aussi une grande lettre de M. de C. a une personne de grande consideration sur laquelle il fait de tems en tems de longues reflexions pour prouver que M. de C. n'a eu d'autre dessein en escrivant son livre que de deffendre ceux de M. G. aussi bien que sa personne. On n'a encore que la moitié de cette relation et l'on attend la suite par le premier ordinaire. Tous ces faits sont exposez d'une maniere tres insinuante, et si M. de C. ne se justifie pas la dessus par une responce prompte et publique, tout le monde demeurera persuadé qu'il est tel en effet que ses parties le representent, et ce n'est pas seulement d'une illusion d'esprit dont on veut le rendre suspect. J'ay desja vu des notes escrites à la marge avec le crayon qui achevent d'expliquer ce que des gens trop charitables n'auroient pas entendu assez clairement, et l'on s'exprime encore avec plus de liberté dans les conversations particulieres, en sorte qu'on peut vous dire sans exagerer que si M. de C. ne se justifie par des responces publiques et bien precises, ceux meme qui estoient les plus convaincus de sa sincere pieté ne pourront pas s'empecher de douter pour le moins qu'il ne soit fort coupable ; car sa foy et ses mœurs sont tellement meslées dans cette rencontre que l'un ne pourroit estre soutenu que par l'autre, et s'il ne dit mot, ou plustost, s'il ne parle pas hautement, son silence seul le deshonnore entierement et paroistra au public une conviction plene et entiere contre luy. Jugez par la avec quelle impatience ses amis attendent qu'il leur envoye ses responces. Lorsqu'il ne s'agissoit que de la doctrine, les juges meme auroient pu la deffendre par leurs propres raisons, quand il n'auroit pas donné ses explications ; car c'est une regle que le juge doit suppleer le droit d'une partie meme qui ne le défendroit pas elle-meme ; mais il ne peut suppleer le fait, et l'accusé qui ne dit mot semble consentir. On tient toujours les memes conversations sur cette affaire.

Donnez moy de vos nouvelles, je vous suplie, et ne doutez jamais de mon respect et de mon attachement pour vous.

De l'abbé de Chantérac à l'abbé de Maulevrier [1].

A Rome 29eme juillet 1698.

Je n'ay point receu de vos nouvelles, monsieur, par cet ordinaire et je conçois que les embarras de vostre despart ne vous ont pas

---

1. Dans la lettre du 19 août 1693 (*Œuvres*, t. 9, p. 496), l'abbé de Chantérac dit à l'abbé de Maulevrier qu'il ne saurait *faire réponse en droiture* à l'abbé de Langeron, parce qu'il ne sait pas son adresse. C'est

laissé le loisir de m'en donner. Peut estre est il a propos d'attendre que vous soyez dans un sejour plus tranquille avant que de vous informer dans un grand detail de ce qui se passe icy sur les affaires de M. de C. Il semble qu'elles sont a peu prez tousjours dans le meme estat. Les congregations continuent trois fois la semaine, et les sentiments des Examinateurs paroissent tousjours les memes sur la doctrine ; mais la Relation de M. de Meaux sur les faits donne une impression tres violente contre le livre et contre les intentions de l'auteur. Il est vray qu'il a escrit luy-meme au Pape pour l'informer des motifs qu'il avait eus en l'escrivant et pour lui rendre un conte exact de tous ses sentiments sur le sujet de cette M. G. et l'on dit que ceux qui ont vû ces lettres en sont tres edifiés et commencent a comprendre qu'il est nécessaire que M. de C. fasse une responce exacte a cette relation de M. de M. Lorsque la verité sera mieux esclaircie, le public aura plaisir a la recevoir. Desja il entrevoit qu'on la luy a cachée fort adroitement en beaucoup d'endroits et il attend avec impatience qu'on l'instruise ou qu'on l'esclaircisse. Si je reçois de vos nouvelles par le courrier prochain, je continueray à vous en donner des miennes fort exactement et je seray tousjours avec un meme respect et un attachement inviolable vostre tres humble et tres obeissant serviteur.

De l'abbé de Chantérac à l'abbé de Maulevrier [1].

A Rome 9me aoust 1698.

Voicy deux ordinaires tout de suite, monsieur, que je n'ay point receu de vos nouvelles. Le voyage que vous me marquiez dans vostre derniere lettre devoir faire dans quinze jours ne peut pas vous avoir tellement occupé qu'il ne vous restat quelque moment pour me dire un petit mot ; et cela me fait douter s'il n'y a point d'autres raisons plus essentielles qui vous obligent a suspendre pour quelque tems

---

donc à l'abbé de Maulevrier qu'est adressée celle-ci, écrite trois semaines avant. (Cf. *Notice préliminaire*). — Elle est intitulée dans le manuscrit : De l'abbé de Chanterac à l'abbé de Langeron.

1. Même raison que pour la lettre précédente d'adresser celle-ci à l'abbé de Maulevrier. — Ce n'est qu'un billet de quelques lignes. L'abbé de Chantérac dit ici pourquoi la lettre est si courte. Il y revient dans la lettre suivante du 12 août 1698 (*Œuvres*, t. 9, p. 489) « J'ai reçu, monsieur, votre lettre du 15 juillet qui m'a donné beaucoup de joie, en m'ôtant de l'inquiétude où j'étais de ne recevoir plus de vos nouvelles et de n'oser presque plus vous en donner des miennes ». — Intitulée dans le manuscrit : De l'abbé de Chanterac à l'abbé de Langeron.

notre commerce de nouvelles. Il est donc plus a propos, ce me semble, de ne vous en dire point aujourd'huy et d'attendre que vous me tesmoigniez quelque curiosité d'en sçavoir.

Reglez ma conduite comme vous le jugerez plus a propos et soyez tousjours bien persuadé de mon attachement inviolable pour vous et de mon sincere respect.

De l'abbé de Chantérac à l'abbé de Maulevrier [1].

A Rome 26ᵐᵉ aoust 1698.

Je n'ay point receu de vos nouvelles, monsieur ; mais j'ay receu une lettre de M. votre cousin du 5ᵐᵉ de ce mois a laquelle je m'en vais respondre icy, s'il vous plaist. Les respunces de M. de C. à M. de M. que je devois recevoir dans quinze jours ne sont point encore arrivées et ce retardement ne peut que nuire beaucoup a nostre affaire, parce que les esprits occupez des impressions qu'on a données dans la Relation du Quietisme s'affermissent davantage dans ce prejugé, et je sçay s'il sera possible de les en desabuser. On veut que je supprime et que je brusle meme la responce de M. de C. a la lettre de M. de P. Je souhaite que cette conduite soit aussi utile à l'affaire de M. de C. en ce païs comme on la juge necessaire en france, et je veux bien agir en cet esprit autant qu'il dependra de moi ; mais j'ay desja mandé qu'il ne m'estoit pas possible de tout brusler ou de tout supprimer, puisque M. le Card. a qui j'en avois presté un exemplaire en grand secret l'oublia sans doute et le presta à M. L. Bossuet pour une nuict, dit-il, durant laquelle je scay qu'on en a fait une copie qui a esté envoyée a M. de Paris, il y a plus de quinze jours. Ces sortes de mescontes ne manquent jamais d'arriver d'une façon ou d'autre, quelque soin qu'on prenne de les eviter. Il seroit plus aisé de les prevoir. Quels bons effets peut produire une responce donnée ainsi, comme l'on dit, sous le manteau contre des faits qui sont rendus publics par une Relation autorisée, ce semble, de toute la france, et pourquoy ne rendre pas aussi publics ces memes faits avec toutes les circonstances qui font esclipser toute cette fausse vraysemblance que M. de M. a voulu lui donner et qui en font voir

---

1. Dans la lettre de l'ordinaire précédent (19 août 1698), il déclarait à l'abbé de Maulevrier ne pas connaitre la nouvelle adresse de l'abbé de Langeron depuis sa disgrâce. Or il ne l'a pas apprise depuis, puisqu'il dit au commencement de la lettre que nous publions qu'il n'a pas reçu de nouvelles. Il s'adresse donc à l'abbé de Maulevrier et cette lettre est en même temps une réponse à l'abbé de Langeron. — Intitulée dans le manuscrit : De l'abbé de Chanterac à l'abbé de Langeron.

clairement et evidemment toute la verité qu'il ignore ou qu'il tache
d'obscurcir. Il y en a plusieurs et les plus essentiels que M. de C ne
peut discuter ou esclaircir qu'avec M. de P., parce que M. de M.
ne les a pas cognus en effet, et que ces deux Prelats lui en ont fait
un grand secret. C'est pourtant sur ce mystere que M. de M. fonde
toutes ces justes craintes, tous ses soubçons, toutes ses preuves, en
un mot toute sa Relation. Il ne s'agist, a present qu'on examine le
livre de M. de C., que de sçavoir s'il l'a fait pour expliquer et pour
deffendre ceux de M. G. et s'il a refusé son approbation a celuy de
M. de M par entestement pour la doctrine de cette femme. Le refus
de cette approbation fait toute la preuve et toute la vraysemblance
de M. de M.; c'est par la, dit-il, qu'il a divisé l'episcopat. Si c'est
de concert avec M. de Paris que M. de C. a refusé cette approbation,
et par des raisons mises par escrit et dans un memoire, qu'on a lûes
avec attention, qu'on a examinées avec des personnes de si grande
consideration et jugées bonnes avec elles, tout le fondement de sa
Relation qu'il croit si solide est reduit en poussiere : le livre de
M. de C. n'est plus l'apologie de ceux de M. G. C'est donc le capital
de prouver et d'establir avec M. de P. qu'il a approuvé et fait
approuver ce refus d'approbation et qu'il a jugé le livre de M. de C.
necessaire pour mettre sa reputation a l'abri des soubçons que M. de M.
vouloit donner contre lui. Peut-il taire des faits si necessaires et sans
quoy tout le reste n'est rien ? S'il les rapporte dans sa responce a
M. de M. est il vray que M. de Paris en sera moins choqué ? Je ne
sçay point assez le monde pour bien penetrer toute la delicatesse de
ce mesnagement pour ce prelat ; mais il paroist assez clair en ce païs
que cette maniere de respondre ne portera pas la meme conviction
dans les esprits que si M. de C. parlant à M. de P. meme en luy
exposant comme les choses s'estoient passées entre eux dans le secret
et a l'insceu de M. de M. l'avoit mis dans la necessité d'avouer
publiquement, du moins par son silence, que ce que M. de C. disoit
estoit vrai ou bien de lui marquer en particulier les faits qu'il alle-
guoit contre la vérité. Tout ce qu'il n'auroit pas contredit auroit
demeuré pour constant, au lieu que tant que M. de C. ne parlera
que de M. de M., M. de Paris peut se taire et les juges ne seront pas
obligez de regarder son silence comme une preuve. Il est encore
desagreable que dans le tems que la Lettre Pastorale de M. de
Chartres accuse M. de C. de varier dans ses responces sur la doctrine, on le fasse paroistre icy encore plus incertain pour ses responces
sur les faits. Les parties ne manquent pas aussi, pour tirer avantage
des moindres circonstances, de publier qu'il est vray que M de C.
avoit voulu donner quelques responces sur les faits, mais qu'aprez
y avoir fait une plus serieuse attention, il n'osoit pas s'exposer a les

soustenir publiquement parce que elles n'estoient *remplies que de faussetez* et *qu'il estoit contraint de les supprimer.* Voila ce que produisent ces sortes de changements. Pourquoy ne le laisse-t-on pas marcher dans la simplicité de son innocence. La verité n'est jamais si puissante que quand on la voit se presenter hardiment, sans reflexion et sans mesnagement. C'est luy oster toute sa vraysemblance que de luy donner un caracthere de politique. Elle n'est prudente que par sa simplicité.

De l'abbé de Chantérac à l'abbé de Maulevrier [1].

A Rome, 23me Septembre 1698.

Vostre lettre du 6me Sept., monsieur, m'a donné le plaisir d'apprendre que vous estes arrivé en bonne santé, et les nouvelles qu'on vous mandoit de Paris doivent encore m'estre d'une grande consolation.

L'affaire du livre de M. de C. s'avance tous les jours. Les congregations des Examinateurs devant ies Card. et devant le Pape finiront apres demain sans manquer. Les cardinaux prendront tout le mois d'Octobre pour se preparer a dire leur sentiment devant le Pape, et l'on assure que dans le mois de Novembre le jugement sera donné. Bien des gens veulent le prevenir. M. L. Bossuet et ses amis assurent que le livre sera condamné et toutes les propositions qualifiées chacune en particulier. Il dit meme sans façon que s'il l'avoit voulu, le Pape auroit condamné il y a longtemps le livre en general, mais que M. de M. ne trouve pas que cela suffise et qu'il veut absolument que toutes les propositions soient censurées. Plusieurs autres personnes qui passent pour tres habiles dans cette cour en pensent autrement et disent que les Examinateurs ont perseveré jusques a la fin dans leur sentiment favorable pour le livre, et que puisqu'il y en a cinq

---

Dans la lettre de l'ordinaire précédent, du 16 septembre 1698 (*Œuvres*, t. 9, p. 526), l'abbé de Chantérac disait: « J'ai reçu, monsieur, par cet ordinaire, deux lettres de vous en même temps, l'une du 23 août à Paris, et l'autre du 27 à Nevers; et je vous assure qu'elles m'ont fait un grand plaisir... en me faisant espérer que notre commerce qui semblait interrompu depuis quelque temps, va être dorénavant très exact ». Or c'est depuis la lettre du 26 août 1698, qu'il se plaint de cette interruption (Voir les lettres du 2 septembre, du 9 septembre, du 16 septembre). La lettre du 26 août était adressée à l'abbé de Maulevrier; donc celles du 2 septembre, du 9 septembre, du 16 septembre le sont aussi. Celle-ci, de l'ordinaire suivant, doit l'être aussi : elle contient d'ailleurs une allusion au voyage de Nevers. — Intitulée dans le manuscrit: De l'abbé de Chanterac à l'abbé de Beaumont ou de Langeron.

qui le soustiennent tres orthodoxe et dans son tout et dans chacune des propositions qu'on en avoit extraites, il est inouï de voir condamner un livre dans le Saint-Office lorsque la moitié des suffrages va a l'absoudre. Il est vray que les Qualificateurs ou Examinateurs ne sont pas juges et que c'est aux Card. et enfin au Pape a decider; c'est par la que M. L. B. ne conte pour rien le sentiment de ceux qui soustiennent le livre, parce qu'il se croit assuré que les cardinaux ne suivront pas leur opinion; mais neanmoins jusqu'icy on n'a point vu d'exemple semblable et, dans les affaires de religion et de Dogme de foy, un livre ni une proposition n'est point censée heretique, lorsque tant de docteurs la soustiennent orthodoxe. On remarque meme que parmy les *Examinateurs favorables il y a un Archevesque, un Evesque, un General d'Ordre, un Theologien du Pape*, un Procureur-général d'un ordre tres reformé : tous gens distinguez par leur merite et par *leur grande reputation* dont la plupart meme ont professé la *Theologie dix-huit ou vingt ans dans les plus celebres universitez de l'Europe*, a la reserve de la Sorbonne; cela merite quelque consideration, et ceux au contraire qui attaquent le livre ne sont que de simples religieux beaucoup inferieurs en dignité et en reputation.

Il y a meme une autre circonstance tres importante a remarquer c'est que la Relation du Quietisme de M. de M. avoit fait des impressions tres facheuses contre M. de C. et cela disposoit bien mal les esprits pour juger de son livre; mais sa Responce a cette Relation a si bien expliqué tous ces faits qu'on luy opposoit que les personnes les plus prevenues avouent presentement qu'on ne sçauroit plus avoir le moindre doute, ni mesme le moindre soubçon ni de la droiture de ses intentions en faisant son livre, ni de la sainteté de sa doctrine ni de son esloignement sincere de la mauvaise conduite et des livres de M. G. qu'il condamne sans restriction comme Rome les condamne. Il ne paroist point juste de sacrifier l'innocence et la reputation d'un si digne Archevesque a la vivacité du zele bon ou mauvais de M. de M. C'est ainsi que bien des [gens] parlent.

On voit un nouvel ouvrage de M. de M. qui a pour titre Quietismus redivivus. Il attaque tousjours M. de C. avec sa vehemence ordinaire; il repete tout ce qu'il a dit dans ses autres livres et par la il reveille peu la curiosité du lecteur et ne s'en attire pas une grande estime; mais il y a deux ou trois choses qui divertissent : c'est qu'il y attaque en particulier les Examinateurs favorables au livre de M. de C. qu'il appelle : Defensores *avec autant d'aigreur que M. de C. meme*, et il leur impute *une doctrine contraire a la foy ou au bon sens* tout comme à luy *quoyque M. de Cambray* ny eux n'ayent jamais pensé *ce qu'il leur fait dire* ; et l'on est surpris de voir qu'il aist cru

penetrer *si avant dans le secret du S^t office* ou qu'il aist donné tant
de confiance a *de si meschants avis*. Mais enfin, puisqu'il attaque si
hardiment les Deffenseurs du livre a la face de toute l'Eglise comme
s'ils enseignoient une *doctrine qu'ils condamnent* de tout leur cœur,
que peut on penser de ses accusations contre l'auteur meme du livre
qu'il lui importe bien davantage de deshonorer dans le public.
Quelques uns des Examinateurs s'en sont desja plaints et l'on ne sçait
pas encore les suites de leur remontrance.

On assure que le Pape a voulu voir la Responce de M. de C. a la
Relation et qu'on l'a traduite en italien.

Nous voyons une nouvelle lettre de M. de C. à M. de M. qui
explique parfaitement quelques points de doctrine. Elle convaint
M. de M. par luy meme d'une maniere pressante. Vous cognoissez
mon respect pour vous.

Je vous envoye la copie d'une lettre de M. l'Arch. de Reims à
M. L. Bossuet [1] ; vous en fairez l'usage que vostre prudence vous
inspirera. C'est M. l'abbé qui la donne a tout le monde.

De l'abbé de Chantérac à l'abbé de Maulevrier [2].

A Rome, 7me octob. 1698.

Vostre lettre, monsieur, du 20 sept. et celle de M. vostre cousin du
15me m'ont esté rendues Je ne vous dis pas toute la joye qu'elles me
donnent ni avec quelle impatience j'attends le jour du courrier ;
mais je voudrois bien pouvoir vous dire des choses aussi agreables
pour vous que tout ce qui vient de vostre part l'est pour moi.
La responce de M. de C. à la Relation du Quietisme ne laisse rien a
desirer, ce me semble, pour sa parfaite et entiere justification,

---

1. Cette lettre a été publiée dans les *Œuvres de Bossuet*, t. 29, p. 570.
L'abbé Bossuet en parle à son oncle dans la lettre du 23 septembre 1698
(*Œuvres de Bossuet*, t. 30, p. 15).

2. Entre celle-ci et la précédente du 23 septembre, doit se placer celle
du 29 septembre (*Œuvres*, t. 9, p. 535). Dans celle du 23 septembre,
l'abbé de Chantérac répondait à une lettre du 6 septembre ; dans celle du
29 septembre, il répondait à une lettre du 13 septembre ; dans celle-ci il
répond à une lettre du 20 septembre. Son correspondant lui écrit à jour
fixe, toutes les semaines. La lettre du 23 septembre était adressée à l'abbé
de Maulevrier ; celles du 29 septembre et du 7 octobre le sont aussi.
D'ailleurs, elles font toutes deux allusion à l'interruption de ce commerce
épistolaire qui nous a servi à préciser l'adresse de quelques-unes
des lettres précédentes. — Intitulée dans le manuscrit : De l'abbé
de Chanterac à l'abbé de Langeron.

et je pense qu'il n'est plus necessaire d'employer pour cela la responce latine à M. de P. Je la retire autant que je puis de tous ceux a qui je l'avois prestée, et quelques cardinaux meme m'ont dit que la responce à M. de M suffisoit, parce qu'elle disoit les memes faits que l'autre et d'une maniere encore plus exacte et plus methodique.

J'ai receu et desja distribué les trois dernieres lettres de M. de C. Elles ont trouvé les esprits si bien preparés à recevoir la verité qu'elles portent partout de nouvelles lumieres sur la doctrine, et je scay par mille endroits qu'elles donnent une nouvelle face a nostre affaire. Un des cardinaux le plus estimé pour la Théologie me disoit, il y a peu de jours, qu'il estoit vray que jusques icy il n'avoit pas assez compris la doctrine de M. de C. sur l'amour naturel. Nous en conferasmes plus d'une heure et il conclud que M. de C. ne disoit la dessus que ce que tous les theologiens disoient et qu'il n'avoit commencé a s'en apercevoir qu'en lisant la premiere de ces trois lettres. Elles rappelent tous les points controversez avec beaucoup d'habileté et les expliquent d'une maniere plus courte, plus exacte, plus claire que jamais.

Un autre card. me disoit la dessus qu'il estoit avantageux a M. de C. que les parties eussent prolongé l'affaire par tant d'escrits qui l'avoient mis dans la necessité de leur respondre ; qu'on commençoit à se familiariser avec sa doctrine et ses expressions et qu'il y avoit bien des difficultez qui effrayoient d'abord bien des gens qui s'en faisoient des monstres, et qu'on ne regardoit a present que comme des bagatelles ou comme de vaines subtilitez sur des mots de l'Ecole.

La troisieme de ces lettres fait encore plus de bruit que les deux autres, parce qu'elle traite de l'amour pur ; mais surtout on a ce grand plaisir de voir ce theme que M. de M. donnoit autrefois à M. le Dauphin sur la lettre de St Louis a sa fille Isabelle ou il l'exhorte a aymer Dieu sans le motif de l'esperance du paradis ou de la crainte de l'enfer [1]. Rien n'est plus decisif pour l'opinion de M. de C. et l'on est en peine comment M. de M. s'en desmeslera.

---

1. Voir Fénelon à l'abbé de Chantérac, le 30 mai 1698 (*Œuvres*, t. 9, p. 425) : « On m'a mandé de Paris qu'on vous avait envoyé un extrait d'une Vie de Saint Louis donnée en thème par M. de Meaux à Mgr le Dauphin. Vous y aurez vu cette femme un flambeau et une cruche en main pour éteindre l'enfer et pour noyer le paradis. » Cet extrait a été cité par Fénelon dans la *troisième Lettre à celle de l'év. de Meaux* (*Œuvres*, t. 2, p. 666, XIII): « Si vous voulez encore, Monseigneur, que le motif de la béatitude soit essentiel en tout acte d'amour, rappelez, je vous supplie, les instructions que vous donniez autrefois à Monseigneur le Dauphin... « L'amour de Dieu animait toutes ses actions : il louait beaucoup les paroles d'une femme qu'on trouva dans la Terre Sainte, tenant d'une

Nous recevrons bientost la responce de M. de C. a M. de Chartres. Elle sera en deux lettres dont j'espere que l'interest ne sera pas moindre que de celles qu'on lit a present.

Le P. minime Agent de M. de P. me dit l'autre jour que ce prelat ne feroit rien imprimer sur la responce latine de M. de C. qu'il lui avoit envoyée et qu'il sçait que je supprime icy ; mais qu'il envoyeroit quelques reflexions manuscrites qu'il pourroit faire voir, selon sa prudence, s'il le jugeoit nécessaire. Je n'ay point sceu que cela fust arrivé.

M. L. B. promet aussi beaucoup une prompte responce de M. de M. a celle de M. de C. Ils lui donnent desja pour titre: Reflexions historiques, etc. Bien des gens paroissent prevenus que ni ses reflexions ni les nouveaux faits qu'il pourra avancer ne scauroient avoir de suites facheuses contre M. de C. Sa response à la Relation satisfait a tout et ne laisse plus aucune ressource a ses accusateurs.

Tout ce mois d'octobre, nostre affaire est comme en suspens, parce que les cardinaux l'ont demandé tout entier pour lire le votum de chacun des Examinateurs et les autres Escrits. Au mois de Novembre, on recommencera d'en parler plus que jamais. S'il est vray, monsieur, comme on le dit, que l'on imprime la responce de M. de C. a la Relation, je vous suplie de m'en envoyer trente ou quarante exemplaires ; mais il seroit bon de faire moderer le port au Bureau, selon la coustume, comme pour livres imprimez. Si l'on imprime aussi les trois dernieres lettres a M. de M., j'en voudrois aussi trente ou quarante exemplaires. Donnez moy je vous suplie de vos nouvelles le plus exactement que vous pourrez et soyez bien persuadé de mon profond et sincere respect pour vous.

Je scay qu'un prince d'Italie a escrit a un card. aussi italien, pour lequel il s'interesse beaucoup : *Je dois vous avertir que la cour de france est a present tres partagée pour l'affaire de M. de C.* Il nomme ensuite ceux qui tiennent pour M. de M. et ceux qui sont pour M. de C.

---

main un flambeau allumé, et de l'autre un vase plein d'eau. Comme on lui demanda ce qu'elle voulait faire, elle répondit qu'elle voulait brûler le paradis et éteindre l'enfer, afin, que les hommes ne servissent plus Dieu que par le seul amour... » L'abbé de Chantérac, dans une lettre à Fénelon du 11 octobre 1698 (*Œuvres*, t. 9, p. 525), disait: « Le thème et les réflexions de M. de Meaux, qui assomment M. l'abbé Bossuet et M. Phelippeaux, réjouissent le reste du monde ».

De l'abbé de Chantérac à l'abbé de Maulevrier [1].

A Rome, 14me octob. 1698.

J'ay receu, monsieur, vostre lettre du 27 sept. et celle de M. V. C. [vostre cousin] du 23. Heureusement elle est un peu plus longue que la vostre et m'apprend d'agreables nouvelles. Sans ce secours aurois je pu retenir mes plaintes de n'avoir que deux petits mots de vostre part. Il est vray que je n'ay pas aussi beaucoup de choses a vous mander de ce païs. La plus importante et celle qui renferme tout ce que je pourrois vous dire sur l'estat present de l'affaire de M. de C. est que l'on voit icy depuis quelques jours ses trois dernieres lettres a M. de M. et qu'elles ne sont pas moins admirées par rapport a la doctrine que la Responce a la Relation l'a esté par rapport aux faits. Bien des gens en sont estonnez ; car on ne croyoit pas qu'il pust jamais rien donner au public qui luy fist tant de plaisir que cette responce ; mais luy seul, dit-on, a cet avantage que ses derniers ouvrages sont tousjours ceux qui touchent le plus vivement. Ils surprennent les plus precautionnez. On y remarque de nouvelles beautez, une eloquence, une elevation, une force toujours plus victorieuse, qui persuade, qui convaint, qui fait voir toute la verité a ceux meme qui donnent moins d'attention pour la bien cognoistre. Ces lettres heureusement respondent aux principales difficultez dont on remarquoit que les cardinaux estoient le plus occupez a present, et c'est ce qui fait esperer que le succes en sera encore plus grand qu'il ne paroist. Outre cela on promet dans peu de jours la responce de M. de C. a la lettre pastorale de M. de Chartres qui achevera d'esclaircir les autres points de la dispute. Ceux qui ont desja veu les manuscrits de cette responce assurent qu'elle aura pour le moins les memes applaudissements qu'ont eus les autres ouvrages. Apres quoy il semble qu'il ne restera plus rien a desirer pour la doctrine : car on ne voit point que le *Quietimus redivivus* fasse beaucoup d'impression. Tous ceux qui l'ont lu assurent que cet ouvrage est *lassant.* C'est une repetition continuelle des memes raisonnements sans se souvenir qu'ils sont fondez sur des alterations du texte du livre dont M. de C. se plaint et que personne ne peut justifier. Les injures y sont et plus frequentes et plus grossieres. Bien des gens se donnent la liberté de dire qu'il ne fera pas grand mal a M. de C. Il

---

1. La lettre du 7 octobre était une réponse à une lettre du 20 septembre ; celle-ci, de l'ordinaire suivant, est une réponse à une lettre du 27 septembre, c. à d. de l'ordinaire qui suit le 20 sept. ; la lettre du 27 septembre ne peut venir que de l'abbé de Maulevrier, et c'est à lui que celle-ci s'adresse. — Intitulée dans le manuscrit : De l'abbé de Chanterac à l'abbé de Langeron.

ne faut pas oublier que cet endroit de la vie de St Louis par M. de M. qu'il donnoit en theme a M. le Dauphin sur l'amour pur resjouit icy bien du monde. Tout le monde convient qu'il n'est pas possible que M. de M. responde a cela, et ces dernieres paroles que M. de C. lui adresse : « Pour moy, M., je n'ay jamais parlé de l'amour pur a M. le duc de Bourgogne »; paroissent accablantes pour luy malgré toute leur douceur.

La responce que M. de M. promet pour soustenir ou pour augmenter sa Relation qui doit mettre M. de C. en poudre ne paroist point encore icy, et ce mois d'octobre semble laisser cette affaire en suspens ; on la reprendra dans le mois de Novembre ou les congregations reprendront devant le Pape, et l'on fait esperer qu'elle finira bientost. Je scay pourtant que la doctrine de M. de M. sur la charité commence a paroistre bien nouvelle a beaucoup de gens et peut-estre que ce que M. de C. en dit dans sa responce à M. de C. en faira encore remarquer davantage les suites dangereuses ou plustost le mauvais principe. Je vois quelques cardinaux qui ne sont pas du St Office, mais dont les sentiments meritent d'estre tousjours fort escoutez.

Je souhaiterois, monsieur, pour des raisons tres justes et tres importantes que M. le duc de Chevreuse eust la bonté de rendre office a M. le comte d'Alibert aupres de nostre ambassadeur qui doit venir icy. Il n'ignore pas que feu M. le duc de Chaulnes avoit beaucoup d'affection pour M. d'Alibert. Je suis tres certain qu'il luy escrivoit fort regulierement. Il a desja escrit à M. le prince de Monaco et en a receu une responce fort obligeante. Une recommandation de M. le duc de Chevreuse pourroit lui estre d'une grande utilité en ce païs et je souhaiterois beaucoup que nous pussions lui rendre service.

Toutes les lettres de Paris assurent que les trois lettres de M. de C. à M. de M. persuadent tout le monde et font revenir tous ceux qui estoient les plus obstinez.

Soyez tousjours bien persuadé, je vous suplie, monsieur, de mon respect pour vous et de mon attachement que l'absence ne diminue point.

———

De l'abbé de Chantérac à l'abbé de Maulevrier [1].

A Rome 4ᵐᵉ novembre 1698.

J'ai receu, monsieur, vostre lettre du 18 octobre et c'est tousjours, je vous assure, une joye bien sensible pour moy d'apprendre de vos

---

1. Le 21 octobre, l'abbé de Chantérac accusait réception d'une lettre écrite le 4 octobre, le 28 octobre d'une lettre écrite le 11 octobre. Dans

nouvelles. On ne peut gueres vous en dire de fort particulieres sur l'affaire de M. de C., parce que les cardinaux ont esté à la campagne tout le mois d'octobre et les congregations devant le Pape ne recommenceront que jeudy prochain. Il est vray que la responce à la Relation et les trois dernieres lettres a M. de M. et les deux a M. de Chartres ont si parfaitement expliqué le fonds de cette affaire, et pour le fait et pour le droit, que le public ne peut pas s'empecher d'en prendre une idée tres differente de celle qu'on en avoit au commencement. On *assure* meme que les cardinaux que l'on croyoit icy avoir plus de liaison avec M. de M. ne s'accommodent point de son opinion sur la charité *et qu'ils disent sans façon que la doctrine de M. de C. depuis son Instruction pastorale jusques a ses derniers escrits est non seulement tres orthodoxe, mais plustost le sentiment commun de tous les theologiens.* Ils reservent tout le secret du St Office a ne s'expliquer pas sur ce point qui fait a present toute la difficulté; scavoir si la doctrine du livre convient avec celles des escrits posterieurs. Mais peu de gens croyent que quelque mystere qu'ils en fassent, eux memes en puissent douter, et la dessus on dit assez publiquement que l'air du Bureau est presentement favorable à M. de C. On ajouste meme que plusieurs personnes de pieté et de doctrine qui n'ont aucune liaison avec le Prelat et qui ne veulent pas meme estre cognues de ceux qui font profession de s'interesser pour luy, se font un devoir de conscience de soustenir en secret son livre et sa doctrine. Et leur grande raison c'est de dire que son affaire n'est plus une affaire particuliere ; mais plustost l'affaire de toute l'Esglise. Pour le fait, M. de M. se veut donner l'authorité de juge infaillible des veritez de la Religion, et impute à M. de C. une doctrine qu'il n'a jamais voulu enseigner dans son livre; pour le droit, il attaque et renverse toute la Theologie, tous les sentiments des plus grands saints, leurs experiences, leurs expressions. Ils font encore un grand poids sur le partage des Examinateurs. M. de M. et ses amis se plaignirent de ce que le Pape n'avoit donné que des religieux pour examiner le livre de M. de C. Par complaisance pour eux le Pape y ajousta un Archevesque et un Evesque. Ce sont ces deux Prelats qui ont esté les plus grands defenseurs du Livre en tout son entier sans en oster ou changer une virgule. Donnez leur pour associez un General des Carmes deschaussez, homme consommé

---

celle-ci il accuse réception d'une lettre écrite le 18 octobre. Le correspondant de l'abbé de Chantérac écrit chaque semaine à jour fixe. La lettre du 14 octobre était adressée à l'abbé de Maulevrier ; celles du 21 octobre, du 28 octobre (Œuvres, t. 9, pp. 552 et 567), et celle-ci, du 4 novembre, le sont également. Intitulée dans le manuscrit : De l'abbé de Chantérac à l'abbé de Langeron.

dans la doctrine et d'une pieté recognue a Rome depuis trente ans ;
un Theologien du Pape en titre qui a professé la Theologie en
Espagne plus de vingt ans et un professeur de Propaganda fide ; le
Procureur general d'une congregation reformée de Bernardins ;
M. l'Evesque de Porphyre, sacriste du Pape et aussi docteur de
Louvain et qui a professé la Theologie dans cette fameuse université
durant plusieurs années Les suffrages de ces cinq Examinateurs
suffiroient, par leur seule esgalité avec les cinq autres, pour liberer
le livre accusé, selon le stile du St Office ; mais l'on ne peut pas
s'empecher d'avouer outre cela qu'ils sont assurement d'un plus
grand poids par le merite et par la dignité des personnes. Mais dittes
de plus si ces cinq Examinateurs choisis par le Pape parmy tous les
plus celebres de Rome ne sont pas capables de cognoistre des erreurs
contre la foi si grossieres, si monstrueuses, si evidentes comme celles
que M. de M. impute au livre de M. de C. apres tous les soins qu'il a
eu de les leur faire remarquer, et de leur faire toucher du bout du
doigt, quelle terrible ignorance en matiere de Religion est celle de la
moitié pour le moins de Rome, et par la a quel terrible danger sera
reduit ce premier siege de l'Esglise qui doit soustenir tous les autres,
si les lumieres si extraordinaires et si singulieres de M. de M. ne
venoient dans ce siecle le retirer de ses affreuses tenebres dont il est
presentement environné. Il est vray que M. de M. leur impute a ces
defenseurs du livre de M. de C. des erreurs encore plus grossieres
que toutes celles du livre meme, et par la ils devroient estre encore
plus deshonorés que M. de C. Leur interest particulier merite donc
que Rome fasse une attention tres grande sur les suites que pourroit
avoir son jugement, meme a l'esgard de ses Examinateurs. En ce
païs l'on pense a tout. Deux cardinaux habilles et qui ne sont point
du St Office voulurent chacun separement estre instruits a fond de
cette affaire. On la leur raconta avec exactitude dans une conversation de deux heures. L'un d'eux reduisoit la decision a suspendre
le jugement du livre et a mander a M. de C. qu'il en fist une seconde
edition bien conforme aux explications qu'il en a données ou dans sa
Lettre pastorale ou dans les escrits posterieurs. Si beaucoup d'autres
pensoient de meme, la chose seroit aisée à faire. L'autre card.
s'expliqua moins, si ce n'est sur l'amour desinteressé qui lui paroist
plus conforme à la doctrine de St Tho. que l'opinion contraire.

On n'a point encore sceu que la replique de M. de M. a la responce
a la Relation soit arrivée quoyqu'on l'eust promise des l'ordinaire
passé.

Mais il y a desja quelque petit bruit sourd d'une autre lettre de
M. de C. a M. de M. sur l'oraison passive qui faira la responce a
Mystici in tuto, et l'on assure qu'elle est tres belle ; surtout on est

touché d'un endroit ou M. de C. fait le parallele de deux ames, l'une dirigée suivant ses maximes et l'autre dirigée par celles de M. de M. Cette seconde devote fatigue terriblement son directeur. Elle luy oppose les propres paroles de M. de M. et quoyqu'on remarque bientost que dans le fond elle n'est qu'une orguelieuse et une fanatique, l'on ne sçauroit pourtant dire en quoy elle s'esloigne de ces grandes maximes de l'oraison passive de M. de M.

Tout le monde assure icy que la responce a la Relation se vend a Lyon. Pourriez vous pas m'en envoyer plusieurs exemplaires ? Cette meme responce est icy manuscrite en italien ; voudriez vous que je vous en envoyasse une copie ?

Je croyois, monsieur, n'avoir rien de particulier a vous dire aujourd'huy, et je crois pourtant que ma lettre est desja longue. Le plaisir d'estre avec vous m'occupe sans que je m'en aperçoive. Soyez bien persuadé je vous suplie de mon respect tousjours tres sincere pour vous.

De l'abbé de Chantérac à l'abbé de Maulevrier [1].

Rome, 25me novembre 1698.

J'ay receu, monsieur, vostre lettre du 8me de ce avec les deux autres qui devoient l'accompagner. Tout ce que vous me dittes de vostre sage conduite me paroit necessaire et vous devez estre persuadé que je ne sçaurois jamais desirer de vous que ce qui vous sera le plus avantageux.

L'affaire de M. de C. touchera pour le moins au mois de Decembre, quoyque l'on eust dit qu'elle finiroit dans celuyci ; mais l'on ne sçait point le temps precisement qu'elle pourra estre terminée. M. de C. ne la retardera pas, puisqu'il a desja envoyé la Responce aux Remarques de M. de M. Tout le monde est effrayé de cette diligence ; mais c'est encore bien plus, quand on a lu cet ouvrage. On l'estime, on le loue, on l'admire encore plus que la premiere responce a la Relation, et l'on dit sans façon, meme aux amis de M. de M. qu'on

---

1. Entre cette lettre et celle qui précède, du 4 novembre, se placent celles du 11 novembre et du 19 novembre (*Œuvres*, t. 9, pp. 581 et 590). Celle du 11 novembre accusait réception d'une lettre du 25 octobre ; celle du 19 novembre, d'une lettre du 1er novembre ; celle-ci accuse réception d'une lettre du 8 novembre La lettre du 4 novembre, nous l'avons vu, était adressée à l'abbé de Maulevrier ; celle-ci l'est donc aussi comme celles du 11 et du 19 novembre ; c'est la correspondance régulière qui continue entre l'abbé de Chantérac et l'abbé de Maulevrier — Intitulée dans le manuscrit : De l'abbé de Chanterac à l'abbé de Langeron.

n'auroit jamais cru que M. de C. eust pu mettre la verité dans une si grande evidence, ni la proposer avec tant de force. Je ne scay point quelle impression elle faira touchant la conduite de M. de M. ; mais du moins elle efface entierement celle qu'il avoit voulu donner de M. de C. par rapport à M. G. (Madame Guyon). Quoiqu'elle paroisse vive en certains endroits, c'est la meme qu'on remarque sa grande moderation. Il parle en homme que le pur zele de defendre la verité et l'innocence anime; mais l'on voit bien en meme tems qu'il neglige de se prevaloir de certains endroits des Remarques qui luy donneroient de grands avantages contre M. de M. Le serment de ce Prelat et la gravité de la matiere qui l'oblige de prendre Dieu a tesmoin auroient pu estre comparez a la candeur d'un homme simple qui auroit avoué ingenumement qu'il avoit accepté un escrit de confiance ou de confession et qu'ensuite il avoit demandé et obtenu la permission de le faire voir a M. de P. et à M. Tronson [1]. On voit que M. de C. prend soin de detourner le lecteur de cette reflexion. *Pietas ad omnia utilis* est; mais peu de personnes en sçavent remplir les devoirs.

Il ne paroit pas jusqu'icy que les signatures des docteurs de Sorbonne doivent donner un grand penchant a Rome pour suivre leur censure. On remarqueroit plustost qu'elle en est choquée et qu'elle n'aimeroit pas qu'on luy fist ainsi sa leçon publiquement, ou qu'on voulut la mettre dans la necessité de suivre un jugement de certains docteurs qu'on pourroit s'accoustumer dans la suite a regarder comme la premiere regle de toutes ses decisions. Mais neanmoins

---

1. Fénelon, volontairement ou non, dans la *Réponse à la Relation sur le Quiétisme*, s'était expliqué de telle sorte sur un écrit confidentiel concernant ses dispositions intérieures, qu'un lecteur médiocrement attentif pût croire que Bossuet avait révélé le secret d'une confession sacramentelle faite à lui par Fénelon (*Réponse à la Relation*, XXX). Bossuet protesta avec indignation dans les *Remarques sur la Réponse*; il dit entre autres choses : « Me voilà donc par deux fois positivement accusé sur le secret d'une confession générale et il n'y a rien de plus sérieux que cette plainte... On ne se confesse pas par écrit : mais on pourra croire qu'il m'a laissé en se confessant ou l'écrit de sa confession ou du moins quelque écrit d'un pareil secret : il n'ose le dire, quoiqu'il tâche de le faire entendre... A une allégation sans preuves j'oppose un simple déni, et la gravité de la chose m'oblige à le confirmer par serment: Dieu est mon témoin; c'est tout dire (*Remarques sur la Réponse à la Relation*, etc... Article Ier, § III). Fénelon dit dans la *Réponse aux Remarques* : « ... Je n'ai jamais parlé d'une confession auriculaire et sacramentelle... C'est cette espèce de confession que je soutiens que vous avez *acceptée*... Je vous l'ai donnée par écrit... vous me demandâtes la permission de la montrer à M. l'archevêque de Paris, qui était alors M. de Châlons, et à M. Tronson... Ils l'ont gardé [le secret] religieusement, et nous verrons bientôt que vous, par qui ils l'ont reçu, ne l'avez pas gardé comme eux... (*Réponse aux Remarques*, VII) ».

apres ce premier despit passé, peut estre regardera-t-elle cette censure des docteurs non pas tant comme une regle de doctrine que comme une preuve que le livre qu'elle condamne est pris dans un mauvais sens par un grand nombre de personnes sçavantes, et qu'ainsi il peut estre encore plus dangereux pour les simples. Il est vray que bien des gens remarquent desja que ce ne sont que les memes reflexions et les memes paroles de la Declaration et des escrits de M. de M. et l'on voit assez qu'il faut estre bien versé dans les distinctions et dans la chicane de l'Ecole pour pouvoir trouver ces *quatenus* si forcez et ces sens si esloignez et si contraires au vray sens du livre et de l'auteur. Tout ce qu'ils condamnent est erreur, mais erreur expressement et severement condamnée dans le livre de M. de C.

Je pourrois vous dire quelques conversations de cardinaux sur la doctrine par lesquelles on remarque que ceux d'entre eux qui passent pour les plus theologiens entrent parfaitement dans le systeme de M. de C. sur la charité et sur le cinquiesme estat ou cette vertu previent et commande pour l'ordinaire les actes des autres vertus ou surnaturelles ou morales, et combien ils sentent l'injustice et la foiblesse de tout ce qu'on luy oppose. Mais qui peut s'assurer que ces m^rs parlent toujours selon leur cœur.

Il y en a d'autres aussi qui regardent le jugement prudential et qui entrent dans un detail exact de toutes les reflexions sur les vrays interets de la Religion, de l'Esglise, du Saint Siege et sur les motifs les plus secrets d'une prudence chrestienne ou si vous voulez d'une vraye politique; car souvent le seul quen dira t on peut rendre les gens plus fermes et plus exacts a remplir leur devoir. Pour vous, monsieur, je vois bien que vous voudriez estre brave sans qu'on vous regardat; mais j'ay ouï dire que la premiere terreur decidoit de presque tous les combats de nuict.

Puisque vous m'ordonnez de vous parler de ma santé, elle se conserve parfaitement ou plustost elle devient tous les jours meilleure, du moins si tout mon mal est aux jambes. Pour la teste, je n'en dis mot; mais jamais mon cœur n'a esté plus penetré de respect, d'attachement et, si vous me le permettez de tendresse pour vous. Je parle a l'un et a l'autre. M. de la Templerie se porte aussi tres bien. Je voudrois que vous le pussiez voir quelquefois dans ces coleres. Il est touché comme il doit de toutes vos bontez pour luy.

De l'abbé de Chantérac à l'abbé de Maulevrier [1]

A Rome, le 7 décembre 1698.

J'ay receu, monsieur, vostre derniere lettre du 18 novembre, et je vous assure qu'elle me donne une vraye inquietude sur l'estat de vostre mauvaise santé. Si elle ne vous permet pas de m'escrire de vostre main, je vous suplie du moins de bien vouloir donner ordre que l'on me mande de vos nouvelles de vostre part. On ne peut pas assurement prendre plus d'interest que je fais, ni d'un meilleur cœur, ce me semble, a tout ce qui vous touche.

La responce de M. de C. aux Remarques de M. de M., qui a surpris tout le monde en ce païs par la diligence s¹ ʳtraordinaire, se fait encore plus admirer par sa beauté et par sa fo ... Tous ceux qui m'en ont dit leur sentiment la mettent encore au dessus de la Responce a la Relation, et c'est assurement la louer beaucoup ; car jamais le public n'a donné plus d'applaudissement a une piece qu'a celle la.

L'affaire s'avance beaucoup : les cardinaux qui vouloient au commencement de Novembre ne faire qu'une congregation par semaine, en font a present trois, le lundy, le mercredy et le jeudy devant le Pape. On voit bien que les instances de la cour tousjours reiterees quand M. de M. produit un nouveau livre les engage à cette diligence si extraordinaire en ce païs; neanmoins le bruit augmente tous les jours que l'affaire ne sçauroit estre terminée dans ce mois de Decembre, et l'on commence meme a dire que M. de M. veut encore [faire] responce a M. de C. S'il est vray qu'il aist ce dessein, on doit conter qu'il demandera et qu'il obtiendra de nouveaux retardements. Ses amis disent a present que les card. ont desja parlé sur ses propositions et qu'elles sont censurées. ils l'assurent ainsi avec cette plene et entiere confiance avec laquelle ils ont tousjours parlé de la condamnation du livre ; mais bien des gens ne les en croyent plus sur leur parole ; et l'on voit en effet qu'il n'est gueres possible de penetrer le secret des cardinaux. On peut bien sçavoir peut estre par les per-

---

1. La maladie dont il est question, dans la correspondance imprimée, à partir du 9 décembre (*Œuvres*, t. 9, p. 613), nous a permis de conclure que la lettre du 9 décembre et toutes les lettres suivantes sont adressées à l'abbé de Maulevrier; celle-ci l'est donc aussi, puisqu'elle contient déjà une allusion à cette maladie. Il en est de même des lettres qui suivront, du 30 décembre 1698, du 6 janvier, du 27 janvier, du 7 février, du 24 février, du 3 mars, du 10 mars, du 17 mars, du 24 mars, du 31 mars, du 7 avril, du 21 avril 1699. — Lettre intitulée dans le manuscrit : De l'abbé de Chanterac à l'abbé de Beaumont ou de Langeron.

sonnes qui leur aident dans leurs estudes qu'ils ont travaillé ou qu'ils ont parlé sur six propositions ; mais qu'ils en ont desja fait la censure, c'est trop parler selon son cœur, et souvent le desir des parties ne decide pas sur le jugement de leur proces. D'autres personnes plus desinteressées disent au contraire que bien loin que les cardinaux soient si prompts a donner leur decision, ils sont plus embarassez que jamais : D'un costé la bonne doctrine de M. de C. bien cognue et bien expliquée par toutes ses responces leur paroit tres esloignée d'aucune censure, et de l'autre costé les grands cris, et la grande faveur de ses parties les estonne et, si on l'osoit dire, les estourdit. Je ne sçaurois donc vous mander rien de precis sur ces evenements. C'est assez de vous prevenir contre des bruits encore trop incertains pour meriter qu'on y ajouste foy. Lorsque j'apprendray que vous vous portez bien et que vous estes en estat de lire mes lettres sans vous trop fatiguer, je pourray entrer dans un plus long detail, vous rendre conte d'une autre audience du Pape, et meme vous faire confidence de ce que M. le Nonce a dit sur la censure de Sorbonne. M. L. B. (l'abbé Bossuet) prend grand soin d'informer *les cardinaux que M. son oncle n'a point eu de part à cette signature des docteurs : qu'il n'y a point eu aucune assemblée de la Faculté : qu'il n'y a pas eu meme aucune deliberation entre les docteurs qui ont signé : qu'on leur a porté cette censure toute dressée et qu'il peut bien estre que quelques uns* d'entre eux, voyant le sein de plusieurs autres dont ils cognoissent la probité et la capacité ont signé comme on dit, sans se donner la pene de lire ni les propositions ni la censure Mais c'est trop pour une personne incommodée ; lorsque la maladie nous met dans la necessité de nous occuper beaucoup de nous mesmes, on n'a plus tant de curiosité pour les affaires des autres. Je scay pourtant ce que peut un bon cœur comme le vostre. Qu'il vous attire d'estime et de respect de tous ceux qui ont l'honneur de vous cognoistre comme moy.

De l'abbé de Chantérac à l'abbé de Maulevrier [1].

Rome, 3o décembre 1698.

Je n'ay point receu de lettres de vous, monsieur, cette semaine ; et cela ne peut qu'augmenter mon inquiétude sur vostre mauvaise

---

1. Voir la note 1 de la lettre du 7 décembre 1698. — Publiée d'après une copie intitulée : Lettre de l'abbé de Chanterac à l'abbé de Beaumont ou de Langeron.

santé. Il y a peu de nouvelles aussi à vous mander cest ordinaire. La devotion et les chapeles ont occupé tout le monde pendant ces festes. On a fait peu de visites. Je reviens un peu tard de celle d'un cardinal tres considerable par sa famille et par le sejour qu'il a fait autrefois en France, dont il a une conoissance parfaite. Quoiqu'il ne soit point du St Office, il a voulu que je lui rendisse un compte exact de tout ce que je sçavois sur l'affaire de M. de C. et il a desiré de voir principalement ses deux réponses sur les faits. La grande idée que l'on a icy de cet archevesque ! On admire d'abord la beauté de son génie, son eloquence, sa doctrine ; mais ensuitte on loue encore davantage sa pieté, sa moderation, sa fermeté, sa sagesse dans le gouvernement de son diocese. Soyez tousjours persuadé, je vous prie, de mon respect tres sincere pour vous.

De l'abbé de Chantérac à l'abbé de Maulevrier [1].

A Rome 6me Janvier 1699.

J'ai receu, monsieur, deux lettres de vous par cet ordinaire, l'une du 13 et l'autre du 20 Decembre. Par la vous voyez que celle du courrier precedent avoit esté retardée ; mais il ne m'a point paru qu'elle eust esté ouverte, quoyque je l'aye observé avant que de l'ouvrir. J'en ay receu aussi une de M. vostre cousin du 10 Decembre.

Vous voyez que l'affaire de M. de C. n'est point finie avec l'année comme on nous le faisoit esperer et meme je vois que l'on paroit estre fort incertain pour le tems qu'elle doit estre terminée. Sçavoir si ce mois de janvier suffira pour cela, ou meme si elle le sera dans le mois de fevrier. Je ne scay sur quoy ses doutes sont fondez ; car on v que les cardinaux travaillent avec une application dont on ne voit point d'exemple depuis l'establissement du St Office. Ils tiennent leurs congregations trois fois la semaine, et depuis le courrier extraordinaire de la cour, qui arriva samedy, on assure que la congregation du mercredy sera toute pour cette affaire aussy bien que celle du lundy. Les françois et ceux qui font quelque attention a ce qui peut leur acquerir ou leur faire perdre la faveur de France disent hautement que le livre de M. de C. sera condamné et les propositions censurées. Si quelqu'un tesmoignoit en douter, ou se contentoit seulement de ne dire mot la dessus, son silence seul suffiroit bien pour le faire noter et les ennemis du livre se fairoient un merite de le denoncer comme un meschant serviteur du Roy. Leur inquisition la dessus est bien

----

1. Voir la note 1 de la lettre du 7 décembre 1698.

plus redoutée icy que celle du St Office. On voit d'autres personnes qui ne sont occupez que des interets de la Religion et du Saint Siege, qui parlent autrement, et qui ne pensent pas qu'il soit jamais possible que la verité et la bonne doctrine soit abandonnée par l'Eglise de Rome qu'ils regardent comme la mere et le soutien de toutes les autres ; et ceux-la pretendent que tout l'embarras des cardinaux vient de ce qu'ils ne voudroient rien faire d'injuste contre M. de C. Si le livre estoit tel que M. de M. le dit, pourquoy balanceroit on depuis si longtems a le condamner ? Les Examinateurs qui l'approuvent sont icy de grande reputation et pour leur doctrine et pour leur pieté. Mais ce n'est pas eux seuls : le grand nombre des Theologiens parle de meme. Les cardinaux sont les juges a la verité ; mais il ne depend pas d'eux de changer les principes de la religion ni d'effacer des livres de tant de saints les sentiments et les expressions que M. de C. en a pris. On revient plus que jamais a dire que la doctrine de M. de C. est bonne, mais qu'il n'est question que du livre. Diverses personnes meme assurent que le Pape l'a dit diverses fois. On commence meme a avouer que la doctrine de M. de C. peut convenir à son livre ; mais l'on se retranche a dire que cette doctrine n'y est pas *contenue* ou du moins qu'elle n'y est pas *suffisamment expliquée* et qu'ainsi le livre en soy est dangereux et *censurable*.

Je ne vois rien de plus certain à vous mander sur cette affaire aujourd'huy. Vous scaurez la nomination du Legat *a latere* qu'on envoye complimenter la Reyne des Romains avant qu'elle parte pour Viene. Mesnagez vostre santé, monsieur, qui est si chere a tous vos amis et soyez persuadé de mon respect pour vous.

De l'abbé de Chantérac à Fénelon.

A R. 24ᵐᵉ Janvier 1699.

Le courrier extraordinaire part ce soir Monseigneur entre huict et neuf. J'espere qu'il arrivera plus tost que cette lettre et qu'il vous apportera toutes nos nouvelles. Au milieu de tant d'efforts qu'on fait contre nous on veut pourtant que nous esperions et que nous ne craignions pas meme que toutes ces instances si redoutables puissent engager le Sᵗ Pere a ne suivre pas dans tous ses jugements la verité et la justice. Je me serviray de la poste de Venise par le prochain courrier, et je feray l'adresse a la personne que vous m'avez marquée à Bruxelles. Vous cognoissez parfaitement mon profond respect pour vous.

De l'abbé de Chantérac à Fénelon.

A Rome, 7me février 1699.

Cette lettre, monseigneur, passera par Venise et vous jugerez si
elle vous sera plus tost rendue que celle que j'escris du meme jour
par la voye ordinaire ; comme je crois celle dont nous avons coutume
de nous servir bien sure et que les grandes inondations auxquelles
on attribue le retardement des courriers ont fini a present, j'ay
continué a vous mander par la toutes nos nouvelles. C'est assez de
vous dire par celle cy qu'il paroist que les choses ont beaucoup
changé depuis le dernier ordinaire et que toutes les craintes qu'on
nous donnoit n'avoient pas tout le fondement que nos amis avoient
cru. Du moins les memes qui m'espouvantoient tant, il y à sept ou
huit jours, veulent a present me rassurer ; vous en verrez le detail
dans ma depesche ordinaire, dans laquelle vous recevres aussi la
prorogation de vostre Indult pour les dispences. Et je mets icy un
memoire pour une affaire dont l'Auditeur de M. le cardinal Tanara
m'est venu parler de sa part. J'auray l'honneur de voir demain cette
Eminence pour luy en rendre compte. J'en suis desja cognu et nous
avons eu deux ou trois conversations qui m'engagent a le voir de
tems en tems selon les circonstances particulieres qui me paroissent
utiles a nostre affaire. Il entend et parle tres bien le françois. Nostre
estat present seroit penible : se voir au milieu de tant de dangers
sans que toute la prudence humaine se puisse faire un secours
assuré. Dieu seul qui fait toute nostre confiance sera aussi nostre
force. Je ne me lasse point d'esperer en sa bonté et de vous donner
autant que j'en suis capable toutes les marques de mon respect et de
mon attachement inviolable.

De l'abbé de Chantérac à l'abbé de Maulevrier [1].

A Rome 24me Février 1699.

J'ai receu monsieur vostre lettre du 7me février ; mais je ne sçay
si je dois estre en pene de n'en avoir receu aucune autre par le meme
courrier. Ayez la bonté de vous en esclaircir. C'est une consolation
aprez toutes nos craintes de voir que vostre santé, quoyqu'encore
foible, se soustient pourtant. J'espere qu'elle se retablira davantage

---

1. Voir la note 1 de la lettre du 7 décembre 1698. — Intitulée dans le
manuscrit : De l'abbé de Chanterac à l'abbé de Langeron.

avant la belle saison dont nous commençons desja icy a gouster les douceurs.

M. le cardinal Cavalerini que vous avez vu Nonce en France est mort icy depuis quelques jours, fort regretté de tout le monde. Je dois estre sensible à cette perte parce qu'il me tesmoignoit tousjours beaucoup de bonté.

Le pape a receu cette nuit la nouvelle de la mort du Prince Electoral de Baviere que le Roy d'Espagne venoit de nommer son successeur dans tous ses estats. On travaille tousjours avec une application incroyable à l'affaire de M. de C. et l'on juge par la que la lettre du Roy au Pape et les grandes instances de la cour ont la plus grande part a cette diligence si extraordinaire et dont on n'a point d'exemple en ce païs. On tint trois congregations devant le pape la semaine passée et tout de suite : jeudy, vendredy et samedy. La derniere fust pour le moins de trois heures, et chacun admiroit que le Pape a son age pust donner une si grande application a une affaire si difficile. Bien des gens vouloient a toute force qu'elle eust esté decidée ce jour la et chacun faisoit desja le Decret selon son inclination ; neanmoins on vit hier que les cardinaux continuerent leurs congregations a la Minerve ; on croit meme qu'ils en tiendront à l'ordinaire une seconde demain au meme lieu et jeudy une troisieme devant le Pape. La-dessus je ne scaurois vous rapporter tous les differents bruits qui se respandent parce que je ne vois point qu'ils ayent un fondement certain. Quelques uns disent que les cardinaux sont divisez dans leurs sentiments. Il y en a qui en donnent la moitié à M. de C. comme des Examinateurs ; les autres ne leur en donnent que cinq ; et d'autres vouloient, il y a desja quelques jours, qu'il n'en eust que quatre ; mais je ne sais pas ou ils peuvent penetrer si avant dans le secret du Saint-Office. Il est bien certain qu'on a entendu les cardinaux parler avec beaucoup de feu dans les congregations et d'une voye (voix) meme qui marquoit de la contention. Je sçay que plusieurs d'entre eux, pour estre en estat de parler dans ces congregations dernieres devant le Pape, ont passé des nuits entieres a estudier et d'autres n'ont dormi qu'une ou deux heures. C'est de la sans doute qu'on en infere tout ce qu'on en dit dans le public ; car pour les personnes qui jusques ici avoient cru estre les mieux informées de tout ce qui se passoit dans les congregations, et les parties memes de M. de C. qui marquoient si precisement le nombre des propositions qui estoient desja condamnées, a present, quand leurs amis leur demandent des nouvelles avouent de bonne foy *qu'ils ne sçavent ou ils en sont,* et lorsque quelques uns de ceux a qui ils avoient assuré si positivement tous ces faits particuliers comme des choses desja faites, les ont pressez la-dessus peut estre un peu trop vivement, je scay qu'ils ont

respondu qu'il ne faloit point se fier aux paroles des Italiens et qu'ils
disoient presque tousjours les choses autrement qu'ils ne les pensoient.
Tout cela donne lieu de croire aux personnes les plus judicieuses que
la decision est encore fort incertaine. Les sçavants et les autres personnes dont je vous ay parlé dans mes dernieres lettres se confirment
tousjours davantage dans la confiance qu'ils ont que l'Eglise de Rome
ne sçauroit jamais abandonner la bonne doctrine, vu la justice si
exacte du tribunal du St Office, et quoy qu'on publie de toutes ces
condamnations, ils soustiennent tousjours qu'elles sont impossibles,
si l'on ne regarde que les propositions du livre ou le livre entier en
lui-meme. Des raisons tout a fait exterieures au livre pourroient bien
servir de pretexte a un de ces jugements qu'on appelle *prudentiaux*
dans lesquels la politique se glisse quelquefois, disent ils, sous le nom
de prudence ; mais par un jugement dogmatique qui ne laisse aucun
doute sur la doctrine, jamais le livre ni ses expressions ne peuvent
estre condamnées, parce que les expressions sont en effet les expressions des saints dans le sens meme de leur vraye doctrine.

Vous voyez par la qu'il m'est gueres possible de vous marquer le
tems precis dans lequel le Pape donnera son Decret ni meme dans
lequel il le publiera. Peut estre le sçaura t on plustost en france
qu'a Rome.

M. L. Bossuet a receu la nouvelle de la mort de M. son pere, et il
en a receu les visites de condoleance de M. le cardinal de Bouillon et
autres personnes distinguées.

Il paroist un nouvel ouvrage de M. de C. sous le titre de premiere
et seconde lettre a M. de Meaux sur les douze propositions qu'il veut
faire censurer par des Docteurs de Paris. Il menage les Docteurs et
adresse tousjours la parole a M. de M. pour lui faire remarquer en
quoy ces propositions s'esloignent de son sens, ou parce qu'il ne
rapporte que la moitié de ses paroles laissant les plus essentielles ou
parce que le sens qu'il donne a celles qu'il rapporte est condamné
dans le meme endroit en termes formels. Cet ouvrage plait a beaucoup
de gens.

Le bruit du partage des cardinaux augmente, et l'on vient de me
dire que des Prelats meme dans le palais en ont parlé comme d'une
chose qui passoit pour certaine ; mais on veut qu'il y en aist meme
plus de six pour M. de C. ; on lui en donne huict.

Il y a desja longtems que les parties de M. de C. travaillent a faire
que le pape nomme trois cardinaux de leurs amis pour dresser le Bref
qui doit estre donné sur cette affaire ; et je sçay qu'ils ont desja
mandé en France que le cardinal Cazanata seroit le premier des trois.
Neanmoins le Pape ne s'estoit point encore expliqué la dessus, et je
viens d'apprendre que le cardinal Ferrari ou St Clément et le cardinal

Albano ont travaillé toute cette apresdinée chez le cardinal Noris sur
cette affaire de M. de C. Cela donneroit lieu de penser que ce sont eux
trois que le Pape a choisis pour dresser le decret. Et je vois en cela des
reflexions tres importantes a faire dont je vous parleray plus librement, lorsque j'auray plus de certitude de ce que je ne fais qu'entrevoir.

Si je ne satisfay pas plenement vostre curiosité sur les nouvelles
de ce païs, vous verrez du moins monsieur que je cherche a vous
donner tousjours des marques de mon respect tres sincere pour vous.

L'ambassadeur de l'Empereur fait ce soir un grand festin pour les
noces du Roy des Romains ; les ministres y sont conviez.

De l'abbé de Chantérac à l'abbé de Maulevrier [1].

A Rome, 3me Mars 1699.

Je n'ay point receu de vos lettres cette semaine, monsieur, ni aucune
autre de celles que j'avois coustume de recevoir. Cela me met toujours
en inquietude sur vostre santé. Et comme je doute si vous estes en
estat de vous occuper agreablement des nouvelles de ce païs, je ne veux
point estre trop empressé de vous en mander. Il suffit de vous dire
que l'affaire de M. de C. va estre decidée au premier jour ou plustost
que cette decision que bien des gens disent estre desja faite sera
bientost publiée. Je crois vous avoir desja dit que les congregations
des cardinaux estoient finies. Le Pape en avoit renvoyé tout le resultat
a trois cardinaux seulement, le cardinal Noris, le cardinal Ferrari,
ie cardinal Albano, et la dessus il s'estoit repandu un bruit assez
general que le jugement de cette affaire n'auroit rien de desagreable
pour aucune des parties. Les amis de M. de M. en paroissoient meme
fort persuadez, et ne parloient plus ni de condamnation du livre ni
de censure des propositions. Ils avoient tout a fait perdu leur air
victorieux et menaçant. La ·dessus ils se sont donné de terribles
mouvements pour obliger le Pape à mettre le cardinal Cazanata pour
quatrieme dans cette derniere congregation. Comme il est le plus
ancien cardinal, il en sera le president, et c'est chez lui qu'elle se
tient. Ce changement du Pape sur une resolution qu'il avoit bien
premeditée et sur laquelle il paroissoit meme tres affermi fait
comprendre qu'on a employé l'authorité de la cour pour determiner
la dessus, et comme le cardinal Cazanata est d'une grande superiorité
par son age, par sa doctrine, par le caractere de son esprit, et que

---

1. Voir la note 1 de la lettre du 7 décembre 1698. — Intitulée dans le
manuscrit : **De l'abbé de Chanterac à l'abbé de Langeron.**

d'ailleurs il a de grands interets a s'attirer la faveur de la france ou du moins a effacer certaines impressions qu'on y avoit prises autrefois contre luy, que meme il est uni depuis longtems d'une correspondance fort estroite avec M. de M. et avec ses amis particuliers et que par la il a tousjours esté regardé comme fort prevenu contre M. de C., l'air du Bu 'au et le bruit public pour cette affaire a tout a fait changé depuis qu'il est le President de cette congregation. On revient a dire plus fortement que jamais et avec plus de confiance ce que l'on disoit depuis fort longtemps que le livre sera condamné, les propositions censurées, et cela dans toutes les circonstances qui peuvent marquer une victoire plene et entiere. Un plus grand detail ne serviroit qu'a vous lasser. Voila en general ce que respendent les amis de M. de M. et ce qui paroist en effet dans tout l'exterieur de cette affaire. S'il y a des gens qui parlent d'une autre sorte, ce sont quelques personnes choisies parmi les sçavants et parmi ceux qui font profession de pieté. Ils ne peuvent pas croire que l'Eglise abandonne jamais la dectrine des saints, ni que le St Siege puisse jamais parler que par le mouvement du St Esprit, ni se laisser aller a d'autres impressions que celles d'un pur zele pour la verité et d'un amour sincere pour la religion. Cette confiance est grande. Heureux ceux qui ne seront point scandalisez. Je vous honore tousjours d'un cœur tres sincere.

De l'abbé de Chantérac à l'abbé de Maulevrier [1].

A Rome 10me mars 1699.

J'ay receu, monsieur, vostre lettre du 21e février qui m'oste de l'inquietude ou j'estois de vostre santé en m'apprenant qu'elle est toujours meilleure et que vos embarras ne vous avoient pas laissé la liberté de m'escrire. J'en ay receu aussi deux autres dont j'estois en pene et dont je vous priois de vous informer, l'une du 10e février et l'autre du 17e suivant ; vous pouvez mieux que moy penetrer la cause de ce retardement.

Bien des gens croyent que l'affaire de M. de C. sera jugée dans la congregation qui se tiendra jeudy devant le Pape ; du moins les parties de cet archevesque l'assurent ainsi. Vous savez les mouvements qu'ils s'estoient donnez la semaine passée pour engager le Pape a joindre le cardinal Cazanata aux trois autres que S. S. avait

---

1. Voir la note 1 de la lettre du 7 décembre 1698. — Intitulée dans le manuscrit : De l'abbé de Chantérac à l'abbé de Langeron.

nommez commissaires particuliers de cette affaire. Par la ils croyoient avoir tout vaincu et chantoient fort haut leur triomphe. Ils assuroient que l'affaire seroit jugée jeudy dernier devant le Pape et dans cette attente M. L. B. ne manqua pas de se trouver a l'antichambre pour apprendre des cardinaux, lorsqu'ils sortiroient, ce qui auroit esté decidé. Mais la chose ne se tourna pas comme il l'avoit pensé. Cette congregation fut fort courte ; le Pape se contenta d'y proposer quelque reflexion qu'il avoit faite sur cette affaire. C'est ainsi que ces M^{rs} le publient ; car ils sont instruits de tout ce qu'il y a de plus secret ; et ils ajoustent meme que cette proposition du Pape estoit que les cardinaux examinassent entre eux s'il ne seroit pas bon, pour terminer cette grande affaire, que l'on donnat un decret dogmatique qui renfermeroit sous certains chefs la doctrine de l'Eglise sur ces matieres en question et qui marqueroit ce qu'on devoit croire et ce qu'il faloit rejetter comme nous voyons dans les canons des conciles. Cette nouvelle les effraya terriblement ; ils en parurent, comme l'on dit, estourdis durant deux jours. Ils ne pouvoient souffrir qu'on leur respondit que cet expedient seroit tres utile a la Religion, qu'il nous instruiroit des veritez que nous devions croire, qu'il destruiroit toutes les erreurs jusques dans la racine, et qu'il satisfairoit plenement aux desirs de la lettre du Roy qui demandoit une decision claire et nette qui ne laissat aucun doute sur la doctrine, etc. Tout cela ne leur convenoit pas. C'estoit sauver, disoient-ils, M. de C. Le Roy n'en sera pas content. Le Roy, toujours le Roy, ce nom si digne de respect et que la Religion meme nous oblige de reverer, ils l'employent sans aucun mesnagement ou pour se deffendre ou pour attaquer selon que leur zele ou leurs interets le demandent. Sous cette protection, ils assurent hautement qu'ils fairont changer de projet au Pape, ou meme que desja les cardinaux ont rejetté cet expedient comme impraticable. En effet l'on voit bien que l'on ne continue pas de suivre la route qu'on avoit desja prise. Au lieu qu'il n'y avoit plus que ces quatre cardinaux nommez qui s'assemblassent pour cette affaire, on vit hier que tous ceux du St-Office firent une congregation secrete a la Minerve ou les consulteurs ne furent point apelez. Ils en doivent faire encore une seconde tout de meme ou ils seront seuls et ou l'on ne traitera que de cette affaire. C'est ce qui fait croire dans le public qu'elle sera en estat destre decidée jeudy prochain devant le Pape. Les amis de M. de M. l'assurent ainsi fort positivement ; neanmoins cela peut despendre de certaines circonstances dont ils ne sont pas les maistres. Bien d'autres choses qu'ils assuroient avec la meme certitude ne se sont pas trouvées quelquefois tout a fait vrayes. Il y a bien longtems qu'ils disent que le Decret est donné : mardy dernier ils l'escrivirent encore en france comme

constant. Il est pourtant vray que jusqu'icy ils n'avoient pas raison
de le dire. Demain et jeudy pourront nous reveler ces mysteres
qu'eux memes ne sçauroient penetrer encore a present que par un
esprit profetique ; du moins s'il est bien vray comme on le suppose
icy sans hesiter que c'est le St Esprit lui-meme et non pas la
prudence humaine qui regle dans les matieres de doctrine toutes les
decisions du Souverain Pontife, cette affaire en sera un monument
eternel; plus l'on voit les choses de pres, plus l'on demeure convaincu
que c'est J. C. seul qui, dans l'effort de la tempeste, peut commander
aux vents et à la mer. Je pourrois vous faire le detail de quelques
conversations avec trois cardinaux ; mais elles ne vous diroient rien
de plus. Je suis touché de toutes vos bontez et mon respect pour
vous est toujours tres sincere.

De l'abbé de Chantérac à l'abbé de Maulevrier [1].

A Rome 17e mars 1699.

J'ay receu, monsieur, vostre lettre du 28e fevrier ou les nouvelles
de votre meilleure santé me font tousjours plaisir. Il n'y a plus rien
a vous apprendre sur l'affaire de M. de C.[2] Sans doute quelqu'un
des courriers qu'on a despechez vous aura porté le Bref du Pape qui
fut publié des le vendredy et affiché ; neanmoins je vous l'envoye
afin que vous en puissiez voir le detail plus a loisir. Il a surpris bien
du monde, parce qu'on ne croyoit pas que le St Office vouloit juger
ce livre sans avoir quelque esgard aux explications que l'auteur
en avoit données, tirées du livre meme ; mais le Saint Pere prononçant
luy seul la decision en forme de Bref evite cet embaras a la congregation. Ce seroit trop entreprendre de vouloir vous informer des
divers raisonnements qu'on fait la dessus. Chacun veut trouver
les motifs les plus cachez qui ont determiné le Pape a prononcer
de cette sorte ; mais je vois que les amis de M. de C. ne veulent point
entrer dans ces sortes de discussions ; ils evitent meme qu'on en
parle devant eux ; ils se tiennent dans un profond et religieux silence
la dessus et tesmoignent en tout leur parfaite et entiere soumission
aux jugements du Saint Siege Ils assurent meme desja par avance

----

1. Voir la note 1 de la lettre du 7 décembre 1698. — Intitulée dans
le manuscrit : De l'abbé de Chanterac à l'abbé de Langeron.

2. Cette lettre, écrite cinq jours après l'issue du grand procès, respire,
comme celles qui suivront, une tristesse douce et grave, sans manquer au
respect dû au Saint-Siège. On pourra remarquer la discrétion de l'abbé
de Chantérac, surtout dans la lettre suivante du 24 mars 1699.

que M. de C. suivra ces memes regles de conduite, et qu'il remplira exactement ces protestations si frequentes et si publiques qu'il a faites au Pape dans toutes ses lettres de condamner son livre si S. S. le condamnoit. On attend icy avec impatience sa responce sur cette nouvelle. Ses parties ne paroissent pas encore tout a fait contentes des termes de ce Bref ; ils se plaignent que les propositions ne sont pas condamnées comme heretiques, et qu'il laisse toute la doctrine de ses responces et de ses explications entierement libre. Neanmoins de la maniere que les propositions y sont rapportées sans aucun des correctifs qu'on auroit pu trouver dans le livre meme pour les adoucir un peu, il ne paroist pas qu'on aist voulu en effet espargner M. de C. ni se fermer les yeux sur les endroits qui pouvoient estre les plus reprehensibles dans son livre. Il est vray que le Pape, depuis le jugement rendu, a parlé de M. de C. comme d'un tres grand evesque et a dit en termes precis *qu'il l'estimoit comme un tres pieux, tres saint et tres sçavant archevesque ;* mais c'est dans une audience particuliere qu'il s'est expliqué de cette sorte, et son Bref n'en dit mot. Cela fait une grande difference par rapport a la reputation de M. de C. et au jugement que le public en peut faire. Toutes les nouvelles viendront a present de france ; nous n'aurons plus rien a vous mander de ce païs ; mais j'auray toujours plaisir à vous assurer de mon respect et de mon attachement pour vous.

De *l'abbé de Chantérac à l'abbé de Maulevrier* [1].

A Rome, 24me mars 1699.

J'ay receu monsieur vostre lettre du 7me mars. Ce que vous me dites de vostre santé toujours un peu foible ne me console pas autant que je l'aurois voulu cette semaine. Il ne faut plus vous parler que des nouvelles generales.

La Reyne de Pologne arriva hier au soir bien avant dans la nuict tout a fait incognito. On avoist meme respandu qu'elle n'arriveroit qu'aujourd'huy. M. le cardinal d'Arqui est attendu a coucher chez M. le cardinal de Bouillon que l'on assure meme estre allé au devant de luy. Toutes ces nouvelles de cour n'empechent pas que l'affaire de M. de C ne fasse encor beaucoup de bruit parmy les sçavants et parmy les personnes de pieté. On dit meme assez hautement bien des choses la dessus que je ne voudrois pas seulement escouter et

---

1. Voir la note 1 de la lettre du 7 décembre 1698. — Intitulée dans le manuscrit : De l'abbé de Chanterac à l'abbé de Langeron.

encore moins escrire. Chacun raisonne sur la maniere dont ce Prelat
recevra le Bref du Pape ; mais ses amis assurent tousjours constamment qu'il se tiendra dans les bornes de cette soumission entiere
qu'il a promise dans plusieurs de ses lettres. Bien des gens ont esté
surpris de voir qu'on eust pris de si grandes precautions pour
empecher qu'on ne lui pust point despecher un courrier extraordinaire qui l'informat de cette condamnation et de ce Bref. M. le cardinal Judici, comme ministre d'Espagne, l'avoit deffendu tres expressement pour toutes les villes des Flandres. Il vouloit meme obliger
les Expeditionnaires a luy donner une assurance par escrit que leur
courrier ne seroit chargé d'aucune despeche pour l'affaire de M. de C.
Il est a croire que ces sortes d'embarras si singuliers et si imprevus
auront empeché en effet qu'il n'aist receu cet avis de quelques jours
si tost qu'il l'auroit pu recevoir, mais aussi il y a bien apparence
qu'on aura tenté tant de voyes secretes qu'enfin quelqu'une aura
reussi. On n'en scauroit gueres scavoir bien la verité qu'a Pasques.
Je regarde ce tems la comme la saison la plus commode pour le
voyage. Ce sera une consolation pour moy de me rapprocher un peu
de vous et de pouvoir vous assurer davantage de mon profond et
sincere respect.

De l'abbé de Chantérac à l'abbé de Maulevrier [1].

A Rome, 31me mars 1699.

Vostre lettre monsieur du 14me de ce mois m'a fait grand plaisir en
m'apprenant que vostre santé est tousjours meilleure. Je voudrois la
voir bientost plenement restablie. Depuis quelques jours j'ay demeuré
dans une fort grande solitude et ne scaurois vous apprendre aucune
nouvelle, si le consistoire que le Pape tint hier pour donner le chapeau
a M^rs les cardinaux Morigia et d'Arqui ne me sert a remplir ce grand
vide. J'attends la responce de M. de C. avec une infinité d'autres gens
qui ont grande impatience de scavoir comment il recevra le Bref du
Pape qui condamne son livre. Ses amis assurent tousjours que ce sera
avec beaucoup de soumission, et ses parties tesmoignent en avoir
grand peur, parce qu'il semble que par la il leur ostera tout pretexte
de l'inquieter davantage. Un zele aussi enflammé que le leur a peine
à s'esteindre tout d'un coup Cette responce ne sçauroit arriver qu'a
Pasques ; je vous en feray part aussitost qu'elle sera venue jusques a
moy. On attend cette semaine le retour des courriers extraordinaires

---

1. Voir la note 1 de la lettre du 7 décembre 1698. — Intitulée dans le
manuscrit: De l'abbé de Chanterac à l'abbé de Langeron.

de M. le cardinal de Bouillon et de M. l'abbé Bossuet pour sçavoir comment le Bref du Pape aura esté receu a la cour; mais vous scaurez plus tost que nous ces sortes de nouvelles. J'ay receu une lettre du 10 de ce mois qui m'explique comment on avoit laissé passer deux ordinaires sans m'escrire. Je ne vous dis rien sur l'estat present ou je me trouve et combien je m'instruis, sur la connaissance du monde, par l'experience que j'ay faite icy, comme le Sage le demande, du bien et du mal qui se trouve dans les hommes. Il faut reserver toute cette morale jusques a nos premieres conversations.

Que j'auray de joye monsieur de pouvoir bien vous assurer a cœur ouvert que je vous honoreray toute ma vie plus que personne du monde.

De l'abbé de Chantérac à l'abbé de Maulevrier [1].

A Rome, 7me Avril 1699.

Vostre lettre, monsieur, du 21 mars me console tousjours en m'apprenant des nouvelles de vostre santé. Ce sera a vous presentement a nous apprendre ce qui se passe en france sur l'affaire dont Rome a esté si longtemps occupée, et qu'elle a terminée d'une maniere qui surprend tant de monde. Je m'esloigne de ces sortes de bruits autant qu'il m'est possible: je ne veux rien escouter parce que je ne veux rien respondre. Le mieux est d'attendre tranquillement la responce de M. de C. Elle decidera sur toutes choses en ce païs; mais l'on veut faire entendre icy qu'elle ne tranquillisera pas de meme tous les esprits en france, et que ceux qui ont paru le plus prevenus contre luy seront bien aises de se servir de toutes les circonstances favorables pour tacher encore d'augmenter ses peines. Peut estre sont ce des manieres de parler de gens qui ayment a porter toutes choses a l'extremité. Car d'une autre part l'on dit que le Pape a escrit pour prier le Roy de vouloir restablir une profonde paix. Vous en sçaurez plus de nouvelles que moy, et j'espere que vous aurez bien la bonté de m'en faire part. En eschange, je pourray dans les festes de Pasques vous dire quelque chose de plus agreable. Quand est ce que je pourray vous assurer tout à loisir de mon respect et de mon sincere attachement pour vous.

---

1. Voir la note 1 de la lettre du 7 décembre 1698. — Intitulée dans le manuscrit : De l'abbé de Chanterac à l'abbé de Langeron.

De l'abbé de Chantérac à l'abbé de Maulevrier [1].

A Rome 14me Avril 1699.

J'ay receu monsieur vostre lettre du 28 mars, et par le meme courrier celle de M. v. c. (monsieur votre cousin) du 23. Un jour ou deux pourroient me mettre en estat de vous dire quelque chose de plus precis sur le temps de mon retour ; mais il faut que j'aye receu la responce que j'attends avant de me determiner la dessus. Elle doit arriver du jeudy au samedy, et tout ce que j'entends dire par avance me fait croire qu'elle sera telle que nous la devons esperer.

On respend icy avec beaucoup d'empressement que le Roy a receu avec de grandes demonstrations de joye la nouvelle du Bref qui condamne le livre de M. de C et l'on fait dire ensuite a M. de M. que quand il auroit lui meme dicté toutes les paroles de cette censure, il n'auroit pu y rien ajouster. On voyoit icy neanmoins quelques uns de ses amis qui paroissoient veritablement chagrins de ce que les propositions n'y estoient pas qualifiées d'heretiques, et meme je sçay qu'ils ont desja fait plusieurs demarches pour obtenir deux choses du Pape la dessus : cette qualification d'heretique et que le Bref fust changé en Bulle. Selon toutes les apparences meme ils attendent quelque lettre de la cour afin que le nom et l'authorité du Roy puisse determiner le Pape a ce changement.

S'il est vray, comme quelques personnes l'escrivent de Paris, que le Bref y ait causé un estonnement general, peut estre pourroit on bien dire icy qu'outre l'estonnement il y a causé une affliction publique ; du moins trouve t on une infinité de gens qui ne sçauroient plus retenir leurs larmes, et l'on ne peut guere comprendre comment tant de personnes distinguées par leur grande erudition aussi bien que par leur piete et par leur zele contre toute erreur peuvent estre si tristes sur ce jugement du Pape, puisqu'on doit croire qu'il n'a esté rendu que pour le bien de la Religion.

Quelques nouvelles particulieres disent que M. de C. reçut de Paris la nouvelle de ce Bref qui condamne son livre, le jour de l'Annonciation, et que deux heures apres il fit le sermon de la feste et parla admirablement bien : 1° de l'obeissance qui est deüe aux superieurs ; 2° de la soumission aux ordres de la Providence. Personne de son

---

1. Cette lettre, placée entre celles du 7 et 21 avril, de l'ordinaire précédent et de l'ordinaire suivant, où il est question de la maladie de l'abbé de Maulevrier (voir la note 1 de la lettre du 7 décembre 1698), ne peut être adressée qu'à l'abbé de Maulevrier. Elle est intitulée dans le manuscrit : De l'abbé de Chanterac à l'abbé de Langeron.

auditoire ne sçavoit encore la nouvelle du Bref, et luy seul en goustoit en secret toute l'amertume. Il y a de la magnanimité à se soustenir ainsi avec tant de force dans une occasion si impreveüe et si accablante.

Qu'est ce que c'est que toutes les aventures dont on parle icy entre le courrier de M. le card. de Bouillon et celui de M. L. B. (l'abbé Bossuet) qui fist tant de bons tours pour amuser le premier et pour le preceder. Il fallut, dit-on, en despecher un second de Lyon pour porter le paquet de la cour.

Vos petites lettres ne me rebutent point de vous en escrire de grandes. Que sera ce de nos conversations lorsque je seray portée de vous assurer a loisir de mon respect et de mon attachement pour vous.

De l'abbé de Chantérac à l'abbé de Maulevrier [1].

A Rome 21 avril 1699.

Vostre lettre du 4ᵐᵉ Avril monsieur ne me donne pas de bonnes nouvelles de vostre santé et cela me fait peine. Vous sçavez combien elle m'est chere. Je croyois vous pouvoir dire quelque chose de particulier aujourd'huy sur l'affaire qui me retient icy ; mais je n'ay rien appris par une voye extraordinaire que j'attendois et qui n'a pas reussi jusqu'a present, et je ne puis avoir de responce que demain matin. Il est vray qu'on m'a desja tesmoigné beaucoup d'impatience sur mon retour, et vous ne doutez pas que pour ma part je ne fasse autant qu'il despendra de moy. Selon les apparences il ne peut estre retardé que de peu de jours, et de cette sorte je dois vous prier de ne me faire plus l'honneur de m'escrire en ce païs. Quoyque je me propose bien de vous informer plus precisement du jour de mon despart et de la route que je tiendray encore une fois avant que de sortir de Rome. J'y ay vû peu de monde durant ces festes ; mais par tout et jusques ches le Pape j'ay sceu qu'on y parle beaucoup du sermon de M. de C. dont je vous ay desja dit le sujet, et l'on admire qu'il pust se posseder avec tant de fermeté dans les premiers moments d'une nouvelle si surprenante pour luy. Ce sermon a fait aussi les memes impressions a Paris ; toutes les lettres du dernier ordinaire en parlent avec de grands eloges ou plutost avec admiration. Il a donné en cela une grande idée de sa pieté sincere devant Dieu, et bien singuliere parmy les hommes. Je ne doute pas qu'il ne soutiene en tout la meme conduite ; et sans doute demain j'auray quelque chose de sa part qui

---

1. Voir la note 1 de la lettre du 7 décembre 1698. — Intitulée dans le manuscrit: De l'abbé de Chanterac à l'abbé de Langeron.

achevera de faire cognoistre a toute l'Eglise ce que peut en luv la religion et la parfaite charité.

Que j'ay impatience, monsieur, de pouvoir vous dire un peu a loisir combien je vous honore et combien je suis respectueusement tout a vous.

De l'abbé de Chantérac à l'abbé de Maulevrier [1].

A Rome, 28me Avril 1699.

J'ay receu, monsieur, vostre lettre du 11me de ce mois avec les deux autres qui l'accompagnoient. Elles m'ont donné assurement beaucoup de consolation. Je vois que la lettre de M. de C. a M. d'Arras est generalement louée de tout le monde ; il faut qu'elle aist eu bien de l'applaudissement a Paris puisque tant de personnes ont eu soin de l'envoyer ici à leurs amis. Elle fait tousjours voir davantage la beauté de l'esprit de M. de C.; mais en meme tems elle exprime si bien sa soumission sincere pour le Decret du Pape et ce fonds de religion qui le rend obeissant jusques a la croix qu'on peut esperer raisonnablement que M. de M. va estre rassuré par la et que s'il trouve encore que M. de C. a de l'esprit, du moins ce ne sera plus jusqu'a faire peur.

Depuis deux ou trois jours, il se respend un petit bruit secret que le Roy a escrit au Pape. Une personne me disoit ce matin que cette lettre estoit favorable à M. de C.; mais il y a bien autant de fondement pour cro..e que les difficultez qu'on trouve a recevoir un Bref avec les clauses de *proprio motu* ou *aucthoritate Apostolica* faisoient desirer et meme demander que l'on reduisit ce Bref en forme de Bulle afin de ne point blesser les usages de France. On le juge ainsy de ce que M. le cardinal de Bouillon eut hier une audience du Pape ; ensuite il alla chez le cardinal Spada, et l'apres-dinée le Pape indiqua la Congregation du St Office a la Minerve fort extraordinairement et meme si a la haste que les cardinaux memes ne sçavoient pas a midy qu'ils la dussent tenir. Demain on pourra penetrer davantage dans ce secret.

Une autre nouvelle qui merite de vous estre mandée, puisqu'elle interesse deux corps si considerables en france. Vous sçavez les grands differends qui regnent entre les Peres Jesuistes de la Chine et M^rs les Missionnaires de ces païs la touchant les honneurs qu'on rend a ce

---

1. Toutes les lettres des ordinaires précédents étant adressées à l'abbé de Maulevrier, celle-ci l'est aussi vraisemblablement. — Intitulée dans le manuscrit: De l'abbé de Chanterac à l'abbé de Beaumont ou de Langeron.

grand philosophe Confucius. M^{rs} des Missions Etrangeres pretendent que ces ceremonies qu'on pratique a son esgard soient un culte superstitieux et idolatre qui doit estre extrememement deffendu aux nouveaux Chrestiens de ce païs la, et les Jesuistes pensent au contraire que ce ne sont que des honneurs civils qui tout au plus ne peuvent estre qu'equivoques, comme on pourroit dire par exemple de nos encensements qui paroissent exterieurement les memes pour le Saint Sacrement et pour le Roy dans une messe solennelle. Le Pape a donné des commissions et a nommé trois cardinaux, Casanata, Noris et Ferrari. Les deux premiers premiers font profession depuis longtems d'estre *fiera mente* opposez aux Jesuistes, et le troisiesme est de l'ordre de Saint Dominique. Cela fait croire a tout le monde que l'affaire des Jesuistes est en grand danger, et l'on fait sonner fort haut la grande protection de M^{rs} des Missions Etrangeres. M. de C. attendoit la responce de M. de Barbezieux et c'est ce qui est cause que son mandement sur le Bref du Pape n'est pas encore arrivé icy. On l'attend cette semaine. Apres quoy je me propose de partir incessamment. Mais je pourray encore vous marquer plus precisement le jour de mon despart et la route que je prendray [1].

Par tout le monde, je seray tres sincèrement et tres respectueusement tout a vous.

---

1. Voir dans la lettre précédente la même promesse de lui indiquer « plus précisément le jour de son départ ». Si la lettre précédente était adressée à l'abbé de Maulevrier celle-ci l'est aussi.

V

EXTRAITS DES LETTRES DU PRÉLAT GIORI [1] A L'ARCHEVÊQUE
DE PARIS, DURANT L'AFFAIRE DU QUIÉTISME

A Rome, le 1er juin 1698.

. . . .

On sçaura, par les lettres de l'abbé Bossuet qui fut hier a l'audience du Pape l'etat de l'affaire de M. de C^ay. Je continue a ne vouloir point avoir d'entretien avec lui, parce que, quoiqu'il soit tres

1. Les extraits que nous publions ici sont empruntés à une « *Copie de la Correspondance des agents à Rome des prélals* » qui se trouve à la bibliothèque de Saint-Sulpice (6e carton, 16). L'abbé de Beaumont annonçait au marquis de Fénelon, dans une lettre de 1732, qu'il lui envoyait cette copie ; au sujet du prélat Giori, il disait : « L'on y trouve aussi souvent un G. qui signifie que la lettre est d'un nommé Giori, prélat italien, c'est-à-dire ecclésiastique de ce pays, revêtu de quelque charge ou emploi dans la maison du Pape; car tous ces gens-là y sont qualifiés prélats. Ce Giori était un de ces intrigants qui se donnent aux personnes puissantes pour en tirer de l'argent et de la protection... C'était un homme sans conséquence, peu estimé, et d'une conduite irrégulière ; mais il avait le talent de faire rire et de divertir le bon vieux Pape, et cela lui donnait beaucoup d'accès auprès de lui (*Œuvres*, t. 10, pp. 54 et suivantes). » Ce Giori était un agent secret, attaché autrefois au cardinal d'Estrées, qui avait été donné par ce cardinal aux adversaires de Fénelon « comme un homme qui pouvait les bien servir auprès du Pape ». Ces extraits feront voir à l'œuvre cette influence occulte et puissante. Bossuet dit du prélat Giori, à peu près à la date où commence cette correspondance : « On est bien obligé à Monseigneur Giori (2 juin 1698. *Œuvres de Bossuet*, t. 29, p. 435). » Giori semble avoir tenu un peu à l'écart l'abbé Bossuet, peut-être surtout parce qu'il était pour lui un rival, et que, servant le cardinal d'Estrées et l'archevêque de Paris, lui-même avait conscience de servir des maitres plus puissants que *M. de Meaux*. L'abbé Bossuet dit de lui dans une lettre du 8 juillet 1698 (*Œuvres de Bossuet*, t. 29, p. 49): « Il y a un mois que je n'ai vu M. Giori. Entre nous, mais n'en dites rien, c'est un homme un peu extraordinaire, quoiqu'avec beaucoup de feu et beaucoup d'esprit. Il s'en faut servir quand on peut, et l'employer à ce à quoi il est bon, qui est de découvrir les sentiments du Pape. »

zelé et tres honneste homme, entre nous il n'a ni la connoissance ni l'experience de cette cour, ni cette solidité sans laquelle on perd plustost les grandes affaires qu'on n'en vient a bout ; cependant nous ne perdrons pas celle-cy... [1].

A Rome, le 21e juin 1698.

.   .   .   .

Deux Card^{aux} voudroient finir l'affaire de M. de Camb. *more romano*, un peu d'un cotté, et un peu de l'autre et faire un decret dont je vous parleray avec une etroite confiance. Je tacherai qu'il n'ait point de lieu dans la seconde partie ou git tout le venin.

J'ai ecrit à l'abbé Bossuet en termes generaux quelque chose sur ce sujet, neantmoins touchant les paroles et l'exposition du decret, il vient, il s'en va, il retourne, il ecrit [2], je l'evite, parce que je ne veux pas qu'il en puisse sentir une parole avant que vous en ayez connaissance ; outre que j'espere le faire moderer et changer dans la seconde partie, parce que j'ay convaincu les deux Card^x par leurs propres confessions. Les deux Card^x disent que l'affaire marche d'une maniere a ne finir jamais, et que pour la finir il n'y a pas d'autre moyen que de publier un decret de cette teneur : librum esse prohibendum uti periculosum, aequivocum, erroneum (c'est la premiere partie) ; in versione vero latina et declaratione facta in Instructione pastorali ab Archiepiscopo Cameracensi posse salvari ; voici la seconde partie qui est inique et injuste...

.   .   .   .

Ils repondent que pour finir il faut sauter (ce sont leurs propres paroles) *les grands fossez* qui se trouvent et dans le livre et dans la traduction latine et dans l'Instruction pastorale.

J'ay fait beaucoup de bruit avec ces Cardinaux, quoiqu'ils soient mes amis ; je leur ay dit que c'estoit un saut perilleux qui fera rompre le cou à l'authorité du Pape.

.... J'attends sur cela [le décret] quelque instruction pour le service de la Religion et de la france, qui est la seule fin que je me propose.

Je laissay ces card^x pensifs et meme convaincus. Je ne perdray pas de vue ces conferances, parce que j'espere conduire l'affaire sans bruit avec les card^x et le Pape d'une maniere qu'elle finira bien et a la satisfaction de la france.

---

1. Fol. 1.

2. Nous avons là un court portrait de l'abbé Bossuet, si inquiet et si actif, durant toute cette affaire.

Je fuis encore l'abbé Bossuet parce que je vois qu'il se laisse un peu tromper par le Card. de B^on, ce que je say certainement parce qu'il a dit une chose à l'abbé et une autre aux Card^x, ce que je say des Card^x mesme..... [1].

A Rome, le 24 juin 1698.

...On me dit qu'il est venu deux courriers de paris pour des expeditions, et M. de Souzi m'a dit ce matin qu'on disoit que le Roy avoit fait congedier du service des princes quelques personnes attachées a M. de C.; cela faira un tres bon effet icy et dementira ceux qui faisoient croire au pape que le Roy ne desiroit que la decision ou pour ou contre le livre; qu'au reste il estoit tres indifferent. On en disoit autant de Me de Maintenon; mais si le Roy a fait cette demarche, des gens de la Cabale ne pourront plus faire leur capital de l'indifference du Roy, ni former des chimeres sur les intentions de cette sage et pieuse Dame.

...Mais ce qu'il dit [le Pape] a present est peu important, mais il importe beaucoup de le tenir toujours constant contre ce tres pernicieux livre, de lui faire connoitre les obligations, et de le tenir en humeur de faire la bulle pour le conduire ensuitte, quand il sera temps, a faire ce qu'il conviendra qu'il fasse... [2].

Rome, 3e juillet 1698.

. . . .

Le Pape a mortifié terriblement le Card. de B^on dans une congregation publique du St Office, dans le temps que le Carme dechaussé, tres ardent defenseur de M. de C. estoit a genoux devant le Pape pour com̄encer son discours. Le Pape dit que c'estoit une honte de ne pas finir cette affaire; qu'il entendoit qu'on ne donnàt pas lieu ni a des contestations ni a des disputes inutiles, mais qu'on mit avec soin la verité dans son jour. A quoy il aiouta plusieurs choses semblables. Le card. interrompit le Pape et lui dit: St Pere, c'est a ce pere a parler Le Pape emeu par une temerité si imprevue lui dit en colere: c'est a nous a parler, nous, et nous voulons que cette affaire soit bientost finie. Le card. s'avisa apres coup de son arrogance, et chacun dist en lui-même qu'il avoit ce qu'il meritoit.. [3] ..

---

1. Fol. 1.
2. Fol. 3.
3. Fol. 8.

Rome, 9ᵉ août 1698.

. . . .

Je suis d'avis que comme la vipere ne meurt point, de meme l'heresie si on ne lui coupe la tête ; c'est le seul et unique moyen de mettre la france en seureté, quand mesme il y auroit eu cy devant quelques egards qu'on auroit pu menager, presentement on n'en peut plus avoir aucun, apres que les derniers ecrits ont mis en evidence les fautes et incorrigibilité de M. de Cambray...[1] .

A Rome, 16ᵉ aoust 1698.

. . . .

...Toute cette cour a fait des feux de joye au seul bruit vrai ou faux qui s'est repandu que S. M. T. Ch. [Sa Majesté très chrétienne] doit envoyer incessamment un nouveau ministre. Il n'importe pas qui vienne, pourvu que celui qui viendra aime le roy... [2].

A Rome, le 26ᵉ aoust 1698.

. . . .

Aussitot que les examinateurs auront fini, je verray plus assidument tous les card[s] . Mais continuons cependant d'informer leurs theologiens secrets... [3]. .

A Rome, 26 8ᵇʳᵉ.

. . . .

...Le Pape m'a dit avec des paroles et des gestes remarquables que quelques cardinaux avoient voulu sauver et couvrir cet archev. Je luy ai dit : Tres Saint Pere, il y a 15 jours que l'abbé B. m'a donné avis de ces sentiments des cardinaux... Il ne me reste qu'une chose a dire, et c'est que quand on laissera la moindre chose a laquelle l'esprit subtil, fin, cauteleux, chicaneur et pervers de l'arch. de C. [s'attache ?], le decret de Rome sera toujours reçu en derision de tout le monde. Il est necessaire, Tres Saint Pere, de le mettre en un tel etat qu'il soit obligé necessairement et sans aucun delay de faire sa retractation apres le decret de Rome, afin que tout le monde reconnoisse le venin de son livre et demeure satisfait de luy. Mais si apres ce decret cet archeveque demeure ferme et obstiné dans sa perversité, alors il doit estre poursuivi avec le fer et le feu, afin que

---

1. Fol. 31.
2. Fol. 31.
3. Fol. 38.

tout le monde soit satisfait de son chatiment. C'est la le discours que
j'ay tenu au Pape et que j'ay raconté a l'abbé B. ; au reste, j'ay laissé
le Pape dans la meme fermeté et resolu de faire une bule digne de
luy, qui soit a la satisfaction de S. M. et de la france... [1].

———

Rome, 18 novembre 1698 [2].

. . . .

Je parlay aussi tres fortement pour presser l'heureuse et prompte
Exped^{on} de cette affaire, parce que le card. de Bouillon sortoit de
l'audience en ce moment, et je le trouvai accompagné de cette ame
malheureuse de grand vicaire de Cambray...

...Mais je vous asseure et je vous jure que si jamais je me suis
fait valoir c'est en cette occasion que je veux faire parler de moy. Le
Pape est ferme, et je suis sûr qu'il ne me trompe pas et je luy feray
voir l'enfer ouvert plustost que de laisser gagner par ces gens la... [3].

———

A Rome, ce 25e novembre 1698.

. . . .

Le livre arrogant de l'archev. de Cambray [4] a paru ici elevé jusqu'au
ciel par le Card de B. ; ce qui me fait croire que S. E. persevere
encore constamment a defendre ce pernicieux autheur, quoiqu'il eût
fait esperer le contraire. M^{rs} l'abbé Bossuet et Phelipeaux me vinrent
voir Dimanche, et me prierent d'en parler au Pape comme j'ay fait
tres au long, parce qu'il m'avoit informé des endroits les plus essentiels du livre.

Hier matin, je dis a l'un et a l'autre ce qui s'estoit passé entre le
Pape et moy, lequel est plus resolu que jamais de bien terminer cette
affaire considerable... [5].

---

1. Fol. 61.

2. D'une autre lettre datée aussi du 18 novembre 1698, et en marge de
laquelle on lit : *Panciatici*, nous extrayons cette phrase: « C'est icy un
pays ou on n'agit que quand on leur fait voir et quelquefois sentir le baton
(fol. 77). » Du cardinal Panciatici, l'abbé Bossuet dit dans une lettre
(3 février 1699) : « Panciatici a toujours été rondement et fortement contre
M. de Cambray. (*Œuvres de Bossuet*, t. xxx, p. 236).»

3. Fol. 77.

4. La *Réponse aux Remarques de Monseigneur l'évêque de Meaux
sur la Réponse à la Relation sur le Quiétisme*. (Cf. *Œuvres*, t. 3,
p. 53).

5. Fol. 87.

Rome, ce 13ᵉ janvier 99.

..... Ce cardinaſ [le cardinal de Bouillon] tache a present que le decret soit dressé par le cardinal Albano par lequel il espere d'y fourrer quelque clause ambigüe; mais on le voit venir et on y mettra ordre. Je le repete encore, l'affaire ira bien... [1].

Rome, 13ᵉ janvier 1699.

. . . .

Par ce que je vois et ce que j'entends, je conclus trois ou quatre choses : 1º que les partisans du livre qui sont en bon nombre allongeroient toujours dans l'esperance de quelque changement, fondé sur le grand age du Pape... ; 2º Que M. de Cambray donneroit de temps en temps quelque ecrit auquel M. de Meaux ne manqueroit pas de repondre et qu'*interim* le livre demeureroit sans decision, comme il est arrivé jusqu'a cette heure, et il ne tiendra pas a M. de Cambray que cela ne continue, puisqu'il vient toujours quelque chose de luy par des courriers depechés expres...; 3º que M. le card. de Bᵒⁿ auroit quelque contrecoup de ce livre. On sçait ou vous estes ce qui se fait et ce qui se dit icy meme *nel secreto del santo oficio* [2]. On dit qu'il en a esté adverti de plus d'un endroit par ses amis. 4º que les Jesuites qui ont esté et qui sont encore partisans du livre ont cru et fait croire qu'ils pourront venir a bout de tout. Je crois qu'ils seront trompés et je tiens que le livre sera censuré et les propositions qualifiées comme elles le meritent. Ce qui allongera c'est que la plupart des propositions condamnables *in rigore justitiae* se se trouvent dans Sᵗᵉ Therese, Sᵗ François de Sales, Jean de la Croix ; mais il faut remedier à cette dangereuse mysticité... [3]

---

1. Fol. 156.

2. D'une lettre du 18 novembre 1698, attribuée, dans ce recueil, à l'abbé Bossuet, nous extrayons cette phrase : « Le cinquième etat du pur amour de M. de C. sera déclaré illusoire, faux et erroné, peut estre heretique et impie. Cela est encore secret, mais je crois le savoir (fol. 88). » Cf. ce que l'abbé Bossuet dit, çà et là, dans ses lettres, sur le secret du Saint-Office ; cf. en particulier, lettre du 20 janvier 1699 (*Œuvres de Bossuet*, t. xxx, pp. 215, 216, 218).

3. Fol. 160.

TABLE DES MATIÈRES